SIDONIE

LA PETITE CHAMBRE

Publibook

Dialoguez avec l'auteur, et retrouvez cet ouvrage accompagné de la critique de notre club de lecture, des commentaires des lecteurs, sur le site Publibook :

http://www.publibook.com

Publibook, Paris, 2002

Publibook, Republic Alley
18 rue du Faubourg du Temple
75011 Paris France
Tel: 33 (0)1 47 00 05 07

IDDN.FR.010.0099573.000.R.P.2002.035.40000

Je dédie ce livre
à mes petites filles
Charline, Mélodie, Agathe,
afin de leur transmettre le
bonheur d'écrire.

Paris tremblant comme une étoile
Notre espoir survivant
Tu vas te libérer de la fatigue et de la boue
Frères ayons courage
Nous qui ne sommes pas casqués
Ni gantés ni bien élevés.

PAUL ELUARD (Au rendez-vous allemand)

En souvenir de la grande escapade de juin 1940, et avec toute mon amitié

3.3.1990 —

Jean Gourguet

En hommage à Jean Gourguet, le cinéaste bien connu, en souvenir de ce mois de juin 1940.

Sommaire

Hélène descendant l'escalier du métro.
(à remarquer dans la foule, plus haut, deux militaires allemands).

1939 – 1940
LA GUERRE L'EXODE

A Paris, c'est l'angoisse dans la famille de Monsieur Pezard, percepteur du 15ème arrondissement qui vient de recevoir son « affectation spéciale » sur place, en attendant les ordres de la Recette Centrale des finances.
Les Allemands approchent, Paris n'est pas encore déclarée « ville ouverte ». Monsieur Pezard, ancien prisonnier de la guerre 14-18 n'entend pas laisser ses filles de douze et quinze ans à la merci des « boches » comme il dit. Il faut les éloigner à tout prix.

Aline, la plus jeune, comprend mal ce qui se passe, pleure doucement, il faut ouvrir la cage des oiseaux dont personne ne se soucie et qu'il n'est pas question d'emmener. La voiture était chargée et l'indispensable n'y rentrait pas.
Hélène, excédée par ce remue-ménage qui, elle le sent, va bouleverser sa vie, s'est enfermée dans sa chambre, pour écrire à sa meilleure amie, toujours en vacances, pour lui annoncer leur départ.

Pauline, Oh ! Mon amie, je suis triste et désemparée, j'avais pourtant mille choses à te raconter de notre séjour à Royan. Puis notre retour plus tôt que prévu et la décision subite de Papa, refusant de nous laisser seules ici avec Maman, s'attendant, lui-même, à partir pour une destination inconnue.
Où allons-nous échouer ? Sans doute dans quelque ferme que des cousins exploitent en Normandie. Personne ne s'inquiète de nos devoirs de vacances, de nos inscriptions

au collège, comme si rien n'existait plus. J'ai l'impression d'un grand vide autour de moi, d'un cyclone qui aurait balayé nos vies, nos camarades, nos professeurs. Je ne peux y croire, je me révolte toute seule et me confie à toi.

Mes parents ne pensent qu'à la fuite, soi-disant pour protéger nos vies et j'ai peur de partir vers l'inconnu et de quitter tout ce qui m'est cher. Aline veut emmener toutes ses poupées, mais ce n'est pas possible. Et nos photos, nos souvenirs de vacances, nos bouquins ! Non, il faut des draps, des couvertures, des vêtements, le nécessaire paraît-il...
Que fais-tu ? Que deviens-tu ? Recevras-tu ma lettre ?
Je te donnerai mon adresse, dès que nous serons arrivés. Ne vaut-il pas mieux mourir que de quitter ainsi tout ce qui faisait notre vie, notre bonheur, sans savoir si nous reviendrons un jour. J'ai honte de cette fuite et comme un commandant sur son navire, je voudrais être le gardien de notre maison. On m'appelle ! Je pars, je t'embrasse.

Hélène

Pendant que Madame Pezard veille soigneusement à la fermeture des portes, pourquoi, pense Hélène, condamner ainsi la lumière à tous nos trésors, les plantes, les fleurs ? Qui les arrosera ?
Le bruit de la grille qu'on referme sonne comme un glas dans son cœur.
En route, Monsieur Pezard se félicitait de son initiative, il avait assisté, la veille, à l'évacuation des œuvres d'art au musée du Louvre. En sortant du Ministère, il avait entendu dire que le gouvernement conseillait, à ceux qui le pouvaient, de quitter Paris.
— « *Vous verrez* dit-il, *vous ne manquerez de rien à la ferme.* »
Et c'est vrai qu'on accueillait toujours le cousin parisien, les bras ouverts, chargeant généreusement ses valises vi-

des, de poulets, de lapins, de beurre, d'œufs contre de bons billets aussi généreusement offerts.
Beaucoup de voitures sur les routes, car il est difficile de prendre le train, en raison de l'évacuation des enfants, des femmes et le départ des mobilisés.
Monsieur Pezard repartirait, l'esprit tranquille, ayant mis sa famille à l'abri de l'envahisseur. A lui d'aller où l'appelle son devoir, ou plutôt au soutien de la bonne cause. Il n'est pas décidé à se laisser prendre, il avait été prisonnier au chemin de Dames et il s'en souvenait.
L'avance des Allemands l'inquiète beaucoup, mais du fait qu'il ne peut quitter Paris, il n'a pas le choix et doit attendre les ordres du Ministère.

Ancinnes, où Monsieur Pezard conduit sa famille, est un petit village, en lisière de forêt. Une église du XIIème siècle, un boulanger, un épicier, une rue principale, bordée de maisons. Plus bas, à droite, dans les prés plantés de pommiers, la ferme des cousins. Aline y retrouve des enfants de son âge qui l'emmènent finir la moisson, ce qui la console du départ précipité.
Hélène accompagne son père à la voiture où Madame Pezard lui fait mille recommandations et surtout de surveiller leur fils de 18 ans, Marc, qui n'a pas voulu quitter Paris.
Puis, elle revient à la ferme, dans la chambre qu'elle doit partager avec Aline. Son père lui avait remis dans la voiture, avant de repartir, une lettre de Pauline qui était arrivée avant leur départ, pensant que cela atténuerait la tristesse de leur séparation ; elle s'empressa de l'ouvrir.

Ma chère Hélène, je ne rentrerai pas à Paris, avec mes parents, comme il avait été prévu. Depuis l'entrée des Allemands en Pologne, puis la mobilisation générale, le départ des Parisiens sur les routes, ils trouvent plus raisonnable de me laisser à Juan les Pins, chez ma grand-mère. Si loin de Paris, ils pensent que je serai en sécurité. Eux doivent reprendre leur travail.

Pourtant, c'était l'animation ici. Beaucoup de vedettes étaient arrivées pour l'ouverture du premier festival de Cannes qui devait ouvrir le 3 septembre. Plusieurs sont à Eden Roc.
Avec ma grand-mère, nous avons arpenté la Croisette et j'ai pu avoir des autographes. Je te réserve celui de Jean Marais que tu admires tant et celui de Gary Cooper pour Marina.
Nous avions l'impression jusqu'à ce jour, que rien d'important ni de grave ne s'était passé. Tout était encore dans la joie des vacances. Le 31, nous avons eu un magnifique feu d'artifice. La musique de la Pinède résonnait jusqu'à ma chambre. On dansait le lambeth walk.
Te rappelles-tu de nos essais devant la glace chez Marina et de nos rires à toutes les trois, quand son père qui travaillait à ses fourrures, dans la pièce à côté, a fait irruption, étonné de notre chahut ?
J'ai lu, dans Cinémonde, que le tournage de « Autant en emporte le vent » était terminé. Le verrons-nous bientôt ? Nous nous étions promis d'y aller ensemble.
Ecris-moi vite. J'ai hâte d'avoir de tes nouvelles, d'Aline, de Marc et de tes parents. Restez-vous à Paris ? Si tu vois Marina, dis-lui aussi de m'écrire, eux ne devaient pas partir pour les vacances, toute leur famille étant en Hongrie et son père avait des commandes de fourrures pour la saison d'hiver.
Je te quitte et t'embrasse bien fort.

Pauline

Hélène, folle de joie, traverse la cour, en sautant au milieu des poules affolées pour rejoindre sa mère qui revient, attristée, ne sachant quand elle reverrait son mari et son fils dans cette guerre inévitable. Elle se reproche son égoïsme mais tous ces événements la dépassent et elle veut fuir la tristesse qu'elle sent autour d'elle.

Le soir même, ce 3 septembre1939, la famille réunie devant la T.S.F. entend le Président du Conseil Edouard Daladier annoncer que la guerre est déclarée.

« Que les Français sont prêts à accomplir leur devoir et donner leur vie, s'il le faut ». « Que pour les nations unies, l'heure de libérer l'Europe a sonné ». « Nous lutterons, dit-il *pour défendre nos terres, nos foyers, nos libertés ».*

« Pour Hitler et les siens, l'expiation commence ».

Quelques amis des cousins étaient venus se joindre à eux pour écouter les nouvelles. Chacun y va de ses réflexions et de son cas personnel.
Qui s'occupera de finir d'engranger la moisson ? De leurs bêtes, la plupart réparties dans des prés éloignés ? Les femmes, déjà débordées, devront les remplacer. Resteront les enfants et les vieillards.
C'en était trop pour Hélène, ces catastrophes annoncées. Etait-il possible qu'après tant de bonheur et d'insouciance, elle assiste à tous ces drames ? Madame Pezard lui conseille de regagner sa chambre où Aline dort déjà, enfouie sous un énorme couvre-pieds rouge. La pièce était grande, peu éclairée. Sur une grande table de marbre, une cuvette en faïence avec un broc rempli d'eau : « C'*est là que je devrais faire ma toilette ?* » Dit-elle très fort, comme pour s'en convaincre. Puis allant vers le lit, si haut qu'elle dut d'abord mettre un genou pour monter, elle pleura doucement, et s'endormit.
Le jour, pointant à travers les volets, la réveilla. Aline était déjà levée. Elle enfila une robe, se coiffa rapidement et se rendit dans la salle où toute la famille était réunie pour le petit déjeuner. Le café, le chocolat fumant, les grandes tartines de pain grillé, la motte de beurre, les confitures, les rillettes, rien ne manquait. Dans la grande cheminée,

un feu crépitait sous un énorme chaudron pendu à la crémaillère, dégageant une bonne odeur de soupe. Trônaient en bonne place, sur la table, deux bouteilles de cidre et de calvados, faits ici, dont on était très fier.
Rentrant dans la salle, le maître de maison, revenu du village, apporte des nouvelles. A la mairie sont affichées la liste des hommes mobilisés et leur affectation. Leur départ est immédiat.

Peu de nouvelles de Paris, les trains, les autobus sont réquisitionnés pour le départ des soldats. Sont placardés les plans indiquant les abris en cas de bombardement. Chacun doit s'organiser pour se procurer un masque à gaz. Les lampadaires sont bleuis et les commerçants doivent, le soir, éteindre les lumières des vitrines. C'est le couvre-feu, il doit être respecté sous peine de sanctions.

Hélène mange de bon appétit et souriante, semble sortir d'un cauchemar. Elle demande à participer au travail de la ferme, à aider à la moisson, elle apprendra à traire. Sa joie de vivre revenait avec l'envie d'être utile.

Pendant ce temps, Monsieur Pezard, ayant regagné Paris, réintégra l'appartement de fonction, qui lui avait été attribué par le Ministère, où il recevait des contribuables ayant des problèmes ou des difficultés à payer leurs impôts.
Dans cette période troublée, des délais de paiement leur étaient accordés facilement et le fonctionnaire qu'il était, malgré tout, s'efforçait de les comprendre et surseoir à toute exécution, sachant que l'administration ne lui en tiendrait pas rigueur, ayant d'autres « chats à fouetter ».
Cet appartement se trouvait juste en face de leur maison et les parents de Marina, l'amie d'Hélène, habitaient le premier étage. Le père, Yvan Savitch, était fourreur à façon et travaillait pour une célèbre maison de couture à Paris qui le livrait régulièrement. Il aura sûrement des nouvelles,

pense Monsieur Pezard, il descend donc le voir car il ne sait rien de l'avance des Allemands.
Malgré l'entente qui existait antre l'Allemagne et la Pologne début 1939 et les promesses d'Hitler, ils frappèrent sans merci Varsovie, anéantie sous les bombes. Les Polonais se défendaient vaillamment, les civils s'enfuyaient et étaient mitraillés sur les routes.

Ce 10 septembre 1939

Pauline,
Papa m'a remis, avant de repartir, une lettre que tu avais envoyée à la maison. Nous venions d'arriver ici, en Normandie, chez des cousins, dans une ferme à la lisière de la forêt de Perseigne. J'étais plutôt démoralisée, et te lire m'a aidé à accepter cet environnement qui n'est pas le mien, auquel je me sens totalement étrangère.
Pourtant, je dois te dire, que depuis plus de dix jours que nous sommes ici, tu ne me reconnaîtrais pas. Je participe à la moisson car les hommes sont partis, mobilisés pour la plupart et les femmes, aidées de quelques gamins, doivent la terminer. Au moment où je t'écris, j'ai encore un foulard sur la tête et les cheveux pleins de paille.
Levée à six heures, chaussée de grandes bottes, je vais à l'étable. C'est le moment de traire les vaches. Le début a été difficile, on est venu me montrer et assise sur un petit tabouret, sous les mamelles, je devais regarder une femme à côté et faire comme elle ; prendre à pleines mains et tirer très fort sur les pis. La vache remuait beaucoup, par moment elle secouait la queue, sans doute pour chasser les mouches qui rodaient ; je la recevais dans la figure. Elle devait sentir mon inexpérience et, à deux reprises, renversa le seau. Tout le monde riait « la Parisienne aux champs » moi je ne riais pas, je ressentais un certain dégoût mais je ne voulais pas abandonner, personne ne m'y obligeait. Enfin j'ai réussi à faire sortir un peu de lait et on est venu me remplacer pour achever de traire cette

pauvre bête. Le deuxième jour, j'ai voulu en prendre une autre, j'avais peur que celle là ne se souvienne de moi et j'ai quand même pu remplir mon seau. On lui avait, cette fois, attaché la queue à la patte avec une ficelle lieuse. Je penserai, maintenant, quand je prendrai mon bol de lait, au travail et au savoir-faire que cela représente. Les bidons de lait réunis dehors, les mangeoires remplies, je suivais les femmes aux champs.
Nous montions dans une carriole, tirée par un cheval. Sur place, des quantités de gerbes de blé, bien alignées, avaient été préparées, par les hommes, avant leur départ. Armée d'une grande fourche, je devais les soulever et les poser dans la remorque. J'y arrivais un peu difficilement mais l'effort continu devenait un entraînement. Mon visage et mes bras deviennent plus bronzés qu'à la plage, sous ce beau soleil de septembre.
Pour la première fois, je participais à la société à un moment où la main d'œuvre manquait. Ce n'est pas un jeu pour moi mais un réel travail dont je suis fière.
Aline est toujours avec ses cousins, ils dénichent les œufs répartis un peu partout et les portent à la ferme. Ils doivent aussi régulièrement donner à manger aux lapins.
La vie s'organise ainsi pour nous, Maman aide les grands-mères qui préparent des vêtements chauds à envoyer aux soldats, l'hiver approche et là bas, sur le front, ils en auront besoin. Nous n'avons pas de nouvelles de papa et je me demande ce que fera Marc qui n'est pas encore appelé pour partir mais le sera peut-être bientôt.
Je pense beaucoup à toi, je sais que tu es en sécurité chez ta grand-mère. Pense à moi qui suis loin de tout ce que j'aime.

Hélène

A la ferme, ce 17 septembre 1939, Madame Pezard, ses enfants, ses cousins, leurs amis, sont réunis, comme chaque soir, autour de la table, écoutant les nouvelles à la radio.

Ils entendent que la Russie attaque également la Pologne. Celle-ci s'était entendue avec Hitler pour se partager le pays.
Malgré leur supériorité en nombre par rapport aux Allemands, les nombreuses divisions françaises et anglaises, centrées à l'Est décident de ne pas combattre.
Gamelin avait conscience que nos équipements avaient 20 ans de retard mais seraient compensés par nos ensembles fortifiés et par la ligne Maginot : *« nous vaincrons car nous sommes les plus forts ».*

Tous, ici, pensent qu'on a eu tort d'alarmer les Parisiens et de leur conseiller de partir aussi rapidement, après la déclaration de la guerre.
Les Allemands oseraient-ils bombarder Paris sans crainte de représailles des forces aériennes anglaises et françaises ?
Ils apprennent aussi que le métro commençait à fonctionner normalement. Plusieurs salles de cinéma ouvraient leurs portes sans pouvoir éclairer leur devanture.
Les écoles étaient encore fermées mais la peur et l'agitation avaient cessé dans les rues. Chacun reprenait son calme, la guerre n'était pas encore chez nous. Certaines denrées courantes commençaient à manquer et on parlait de rationnement.
Maurice Chevalier et d'autres chanteurs et chanteuses se déplaçaient sur le front en chantant pour les soldats souvent inactifs ou affectés aux champs.
C'est une « drôle de guerre » comme disent certains !
Le lendemain, Madame Pezard reçoit une lettre de son mari. Les écoles devaient ouvrir prochainement, il reviendrait les chercher, dés qu'il le pourrait et elles devaient se préparer à partir.

Ce n'est pas une grande joie, comme on aurait pu le croire, pour Hélène et Aline, qui s'étaient habituées à cette vie au

grand air qui prolongeait les vacances et leur avait fait connaître autre chose qu'un plaisir personnel. Elles se sentaient valorisées, grandies et promirent de revenir un jour.
Monsieur Pezard arrive moins d'une semaine après, félicite les enfants sur leur bonne mine. On empile les sacs dans la voiture dont une grande valise contenant volailles, beurre, œufs, charcuterie. Les cousins avaient tué un cochon pour l'occasion et tous se réjouirent d'avoir passé ces jours ensemble, leur faisant un peu oublier ce grand drame qui commençait sans savoir quand il se terminerait.
A Paris, toute la famille s'installe dans l'appartement. Monsieur Pezard avait collé des papiers bleus tout autour de chaque fenêtre car les volets ne devaient pas laisser passer la lumière, le soir en cas d'attaques aériennes.
Dans la rue, après 20 heures, tout devient calme, quelques rares voitures circulent, laissant juste apparaître une raie de lumière dans les phares bleuis.

Aline et Hélène ont repris leurs cours au collège. C'est la guerre mais la vie continue normalement.
Pauline, elle, ne rentra pas, elle resta chez sa grand-mère à Juan les Pins.

L'année 1939 se termine à Paris, dans cette apparente insouciance des événements que l'on sentait proches et qui se précipitèrent dés le printemps 1940.
L'Union Soviétique avait envahi la Finlande.
Hitler avait rapatrié ses troupes de Pologne, il craignait un débarquement des Anglais en Norvège.
Le 9 avril 1940 les Allemands entrent au Danemark.
Le 15 avril suivant, les armées anglaises et françaises débarquent à Narvik et attaquent victorieusement l'armée allemande avec beaucoup de pertes d'hommes et de matériel de tous côtés, mais elles sont repoussées le 22 avril à Lillehammer.

Moins d'un mois après, les Allemands concentrent leurs attaques sur la Hollande, la Belgique, le Luxembourg avec des bombardements intenses sur toutes les grandes villes. Après quelques jours de résistance, l'armée hollandaise capitule ainsi que le roi Léopold et de nombreux réfugiés se font massacrer sur les routes.
Hitler avait pourtant promis, publiquement, en octobre 1939 qu'il ne violerait pas ces pays.
En Belgique, les Allemands arrivent à franchir le canal « Albert » renommé infranchissable et par la forêt des Ardennes contournent la « ligne Maginot » faisant une percée jusqu'à Sedan.

Ce lundi 3 juin 1940, dans l'appartement de la famille Pezard à Paris, Aline et Hélène aident leur mère à débarrasser la table du déjeuner, avant de reprendre l'école, quand d'énormes grondements d'avions, en même temps que des sirènes, font un bruit étourdissant. Puis, très vite, des explosions les font courir de tous côtés, affolées.

« Descendez ! », hurle Monsieur Pezard, en les poussant dans l'escalier jusqu'à la cave où des gens qui étaient dans la rue rentrent en courant. Des voitures de pompiers se succèdent en faisant marcher leurs sirènes.
« La guerre est là dans toute son horreur », annonce le soir même « Paris soir ».
Chacun comprend qu'il faut partir, fuir l'ennemi qui, sans pitié, arrive pour vous détruire.
Monsieur Pezard réfléchit calmement à la situation et aux dispositions à prendre. Lui, doit rester à son poste. Il attend les nouvelles à la T.S.F. avant de prendre sa décision. En attendant, il conseille à sa femme de préparer les paquets. Ils seront cinq dans la voiture avec Marc et ne devront pas se charger.
Quelques jours passèrent. La radio précise l'avance des Allemands, qui de Sedan, se sont dirigés sur Dunkerque

où les attendaient de nombreux régiments anglais et français. De la terre vers les bateaux, la bataille fait rage, des milliers d'hommes furent tués et rejetés à la mer.

Des propositions d'armistice sont faites au Président du Conseil, Paul Reynaud, par un médiateur suédois ; il refuse en déclarant *« nous nous battrons sur tous les fronts, nous ne nous rendrons jamais et nous ne traiterons pas avec les Allemands »*. Il nomme le Général de Gaulle, un des chefs militaires, non défaitiste, qui s'est distingué sur différents fronts, « sous secrétaire à la guerre » ; il devient ainsi un homme politique.
Le gouvernement lui, se retire en direction de Bordeaux en s'arrêtant à Tours.
L'avance des Allemands sur Paris a commencé.
L'heure du départ a sonné pour la famille Pezard. Ils prennent, à nouveau, la direction de la Normandie, seul refuge proche pour le moment. L'angoisse de croiser sur les routes, tous ces gens fuyant à pied, à vélos, en carrioles, empêche Hélène de se réjouir de retrouver la ferme où elle a passé de si bons moments, l'été dernier.

Monsieur Pezard fait un détour par Falaise car il doit laisser Marc dans un village, chez un cousin blessé dans un combat et rentré depuis, qui ne peut plus assurer le travail de la ferme.

Pauline, mon amie si lointaine, quand te reverrais-je ? C'est de la ferme « les Guilbaudières » à Ancinnes où nous sommes revenues, fuyant encore, que je t'écris.
Nous avons vécu des moments affreux, depuis le bombardement de Paris. Nous nous trouvions dans la tourmente puisque plusieurs immeubles de notre avenue se sont écroulés sous les bombes. Beaucoup de gens que nous connaissions sont morts.

Les Allemands seront bientôt à Paris, rien ne peut plus les arrêter maintenant. En quittant la capitale, nous avons croisé des colonnes de gens qui s'enfuyaient vers le sud.
Papa pense, qu'en attendant les événements, nous serons plus tranquilles ici. Il est reparti aussitôt, ne pouvant quitter longtemps son poste.
Ce matin, nous montions à pied vers le village, quand nous remarquons, sur le perron d'une petite maison ancienne, un monsieur, grand, distingué avec une jeune femme très bonde. Il salua maman très poliment :
— « *Etes vous de la région, Madame* », interrogea-t-il ?
— « *Non, nous sommes dans notre famille à la ferme car nous avons dû quitter Paris hier* ».
— « *Ah ! Très bien : vous allez pouvoir nous donner des nouvelles, nous savons peu de choses, sauf ce que les gens disent ici, chez le commerçant et cela me paraît alarmant.* »
A la ferme, plus de gaieté et nous n'avons pas osé poser de questions. Nous savons, par maman, que le courrier n'arrive plus, le téléphone est coupé. Par la radio, nous apprenons qu'une partie de la population est sur les routes. J'ai le cœur serré. Notre famille est éparpillée. Qu'allons nous devenir ? Je pense à toi.

Hélène.

Il fait très beau, ce matin, très tôt, dans le village, quand les gens sont réveillés par un bruit sourd, incessant, de camions militaires, roulant doucement, les uns derrière les autres. Ils passent devant la ferme et se dirigent sur la route de la forêt.
Cela dura plusieurs heures sans que personne ne sache ce qui se passait dans cet endroit éloigné des routes nationales et des grands axes routiers.
Ils l'apprirent bientôt. Cette division avait pour ordre, comme beaucoup d'autres, de se replier dans des endroits

stratégiques, pour résister, éventuellement, dans cette immense forêt.
C'est la panique générale dans ce village où l'on se croyait à l'abri.
De nombreuses personnes se préparent à partir et chargent ce qu'ils peuvent sur des charrettes tirées par des chevaux et aident les vieillards et les enfants à monter. Certains à vélo ou même à pied, roulant des brouettes.
A la ferme, tous se taisent, femmes, jeunes, vieux. Pas question de fuir et d'abandonner leur terre, leur maison, leurs bêtes que les hommes leur avaient confiées en partant.
Madame Pezard se rend chez ce monsieur très aimable qu'elle avait rencontré, la veille, pour lui demander son avis.
Il descend les marches pour l'accueillir et se penche légèrement sur la main qu'elle lui tend :
— *« Jean Gourguet »,* dit-il, en se tournant vers la jeune femme blonde qui descendait derrière lui.
— *« Voici ma femme, Michelle, je suis producteur, metteur en scène et j'allais à Paris pour commencer le tournage d'un film. »*

Madame Pezard se présente également et lui expose son problème.

— *« Je vous déconseille fortement de partir, j'ai entendu dire que des réfugiés avaient été mitraillés sur les routes et vous ne pouvez pas vous exposer ainsi, à pied, avec vos enfants encore jeunes. S'il nous faut partir, nous vous emmènerons dans notre voiture, au besoin, nous laisserons des bagages et nous essaierons de passer la Loire. Il ne faut pas s'affoler et attendre d'autres nouvelles à la radio, ce soir. Les troupes allemandes ne sont pas encore rentrées dans Paris. »*

En fait, ce 14 juin, Paris avait été déclaré « ville ouverte » par Weygand et cent trente cinq divisions allemandes étaient lancées sur la capitale.

Ce jour même, la grosse Hotchkiss noire de Jean Gourguet, chargée de nombreux appareils de prise de vues, caméra et autres matériels, emmène Madame Pezard et ses filles à l'aventure. Ils avaient dû laisser une grande partie de leurs bagages et cette grande générosité leur valut une infinie reconnaissance.
Ils roulèrent plusieurs heures, doublant de nombreux réfugiés et camions militaires qui, comme eux, espéraient pouvoir traverser la Loire et mettre le plus de distance possible avec les troupes allemandes.
Par moment, impossible de doubler et ils devaient suivre la file ne dépassant que des vélos ou des gens à pied roulant des brouettes avec des enfants ou des vieillards ne pouvant pas marcher.
Le spectacle était affreux et un sentiment de culpabilité les prenait d'avoir le privilège de rouler dans une confortable voiture.
— *« Le jour commence à tomber et nous sommes encore loin d'avoir passé la Loire »,* dit Jean Gourguet, quand soudain des bruits d'avions, volant à basse altitude, se font entendre un peu plus loin.
— *« Descendez, suivez-moi dans le fossé »* crie Jean, en arrêtant la voiture.

Ils courent quand, derrière eux, un gamin se met à hurler. : *« Ma grand-mère ! Ma grand-mère ! Elle s'est blessée, elle ne peut plus marcher ».*
Il essaye de la tirer vers le fossé mais il ne le peut pas. Tous se précipitent et la tirent comme ils le peuvent, par les pieds, par les mains, elle est trop lourde pour la porter et ils la font rouler dans le creux pour se protéger avec elle.

Les mitraillages se poursuivent un moment et semblent s'éloigner.
Le convoi allait se mettre en route quand Monsieur Gourguet se précipite vers le chauffeur du camion militaire,
— *« Il y a une femme blessée, dans le fossé, avec un enfant, pouvez vous l'emmener dans votre voiture ? Toutes les nôtres sont chargées. »*
— *« Impossible »,* répond le militaire, *« nous sommes en convoi et le règlement l'interdit ».*

Madame Pezard ayant entendu, se précipite devant le camion, décrète qu'elle ne bougera pas et se couche sur la route. Le chauffeur parlemente quelques instants avec son supérieur, appelle quelques hommes derrière qui sautent et vont chercher la vieille dame et son petit-fils qu'ils chargent à l'arrière du véhicule. Elle cherche du regard ces personnes qui ont été si secourables, dans ces moments où chacun ne pense qu'à soi et le jeune garçon fait des grands signes de la main à Aline et Hélène qui n'ont plus ce scrupule d'être favorisées.
Ils roulent encore pendant quelques heures, doublant toujours de nombreux réfugiés, espérant pouvoir traverser la Loire et mettre le plus de distance possible entre eux et les troupes allemandes.
Ils n'y arrivent qu'à la nuit. Aucune chambre d'hôtel n'est libre, pas plus que chez l'habitant. Ils continuent donc à rouler. Enfin, la mairie de Bressuire leur propose, à quelques kilomètres, une grange que des retraités acceptent de mettre à la disposition des réfugiés.
Il faut s'en contenter. Les propriétaires sont très aimables et se rendant compte qu'ils ont à faire à des personnes très « convenables » leur apportent des draps, des couvertures.
Les enfants se réjouissent, c'est vraiment l'aventure et l'absence de confort ne les gêne pas. Par souci de correction, Monsieur Gourguet cloue sur les poutres, un grand drap, pour séparer les chambres. « P*ersonne ne sait com-*

bien de temps peut durer cette escapade » dit-il en plaisantant pour détendre l'atmosphère.
Les logeurs, trop contents d'avoir pu louer à ces personnes de confiance, leur proposent de prendre leurs repas avec eux à un prix très raisonnable, il n'y avait pas de pénurie ici avec le jardin, les lapins, les poules.
Après manger, ils écoutent ensemble les nouvelles que la T.S.F. diffuse régulièrement. Les Allemands sont rentrés dans Paris et le drapeau du Reich flotte sur l'Arc de Triomphe. Paul Reynaud, refusant de négocier, démissionne. Le Président de la République Albert Lebrun, appelle le Maréchal Pétain pour prendre la succession de Reynaud et éventuellement négocier l'Armistice. Désertés de ses habitants qui s'étaient enfuis ou se cachaient derrière les volets clos, les Allemands défilaient, seuls, sur les Champs Elysées, comme un bien acquis et désiré depuis longtemps.

Le lendemain, toutes les émissions sont interrompues pour un appel au peuple français du Maréchal Pétain :
« C'est le cœur serré que je vous dis, aujourd'hui, qu'il faut cesser le combat »
« Je fais à la France, le don de ma personne, pour atténuer ses malheurs »
Qui peut dire, sans vouloir se l'avouer, qu'un sentiment de soulagement, mêlé à l'amertume, entre dans le cœur de chacun. Des milliers de français, fuyant sur les routes, qui ne savent, ni où manger, ni où coucher. Plus de cent mille soldats tués depuis le 10 mai dernier.
Pour beaucoup, ce jour là, le Maréchal Pétain est considéré comme le sauveur de la France.

L'OCCUPATION

Ce lendemain du 17 juin 1940, grand conciliabule dans la grange de Bressuire entre Monsieur Gourguet, son épouse et Madame Pezard.

Quelle décision allaient-ils prendre ? Impossible de rester ici plus longtemps. Jean Gourguet propose, d'une part, d'attendre la signature de l'Armistice, ce qui ne saurait tarder, d'autre part de laisser s'écouler le flot des réfugiés, sur les routes, qui rejoindront Paris ou qui continueront leur fuite vers le sud. Venant du midi, lui-même n'a aucun point de chute dans la capitale et trouver un appartement vide devait être impossible au moment où les Allemands prennent possession de Paris.

Madame Pezard désire joindre son mari au plus vite, les croyant à Ancinnes, s'il avait pu avoir les cousins au téléphone, il devait s'affoler de les savoir sur les routes. Il pourrait, sans doute, avec ses nombreuses relations dans le XVème arrondissement, trouver rapidement un appartement pour leurs sauveurs.

Toutes communications téléphoniques sont impossibles étant donné l'encombrement des lignes. Seule, la T.S.F. de leurs hôtes leur permet d'avoir des nouvelles :

« Les Allemands s'installent dans Paris, la plupart des grands hôtels sont réquisitionnés »

« Hitler visite tous les grands édifices comme un conquérant : l'Arc de Triomphe, la Tour Effeil où flotte le drapeau hitlérien. »

« Des centaines de milliers de soldats français sont capturés et faits prisonniers par les Allemands qui les emmènent dans des camps en Allemagne »

L'Angleterre qui a refusé les propositions de paix d'Hitler aurait diffusé sur la B.B.C., d'après un journal méridional, un appel du Général de Gaulle, venant de Londres, indiquant que la demande de cesser le feu du Maréchal Pétain était contraire à l'honneur et à la dignité.
« L'espérance ne doit pas disparaître, la défaite n'est pas définitive. Rien n'est perdu parce que cette guerre est une guerre mondiale. »
Mais le 12 juin 1940 c'est à Rethondes, dans le wagon de Foch où l'Allemagne avait subit sa défaite en 1918 qu'est signé l'Armistice, convenant que les Allemands occuperont et dirigeront les trois cinquièmes du territoire mais que la France gardera son autorité sur la zone libre.
Le 22 juin, l'Hotchkiss prend la route de Paris, d'un Paris inconnu sous la botte allemande.

Ma chère Pauline,
Je n'ai pu te donner plus tôt de nos nouvelles, depuis notre départ en compagnie des personnes rencontrées dans le village. Nous avons fui avec eux dans leur voiture et avons dû cohabiter dans une grange à Bressuire. Sur la route, nous avons doublé un grand nombre de réfugiés fuyant avec des enfants, des vieillards, beaucoup à pieds ou dans des véhicules chargés de paquets et même d'animaux de toutes sortes.
Malgré quelques promenades dans la campagne, le temps nous semble long. Un jour nous avons dû nous précipiter dans un fossé, des avions volaient au-dessus de nos têtes et on entendait mitrailler pas très loin.
Nous avons eu très peur, nous demandant quand cette guerre allait finir. Nous n'avons pas eu trop longtemps à attendre car, après l'entrée des Allemands dans Paris, l'appel du Maréchal Pétain annonçait l'Armistice.
Je dois te quitter, je t'embrasse.

Hélène

Monsieur Pezard, à Paris, après avoir pu joindre sa femme est rassurée. Il se met en quête, aussitôt, d'un possible appartement pour Jean Gourguet et son épouse. Il y a un frein sur toutes négociations, dans cette période incertaine d'avenir et la confiance ne règne plus. Fort de sa position, il s'adresse à des sociétés propriétaires d'immeubles et il lui est facile de trouver ce qui est susceptible de leur convenir.
Il ne peut s'empêcher de penser à ce qui aurait pu arriver à sa famille sans la générosité de ce couple, pourtant jeunes mariés, envers des inconnues dont ils ne savaient que peu de choses. Jamais il n'oublierait.
Quand il le peut, aux heures d'écoutes, il monte au sixième étage, dans une pièce appelée « chambre de bonne » dans cet immeuble cossu de Paris de fin de siècle dernier ou début de siècle, qui trop petite et sans confort sert de débarras.
Il entend, sur la B.B.C., l'appel du Général de Gaulle et l'espoir qu'il donne aux français pour se préparer à une résistance qui s'organiserait, en silence, dans tous les secteurs de zone occupée.
Les jeunes de moins de dix-huit ans, qui n'avaient pas été mobilisés, devaient se cacher, car l'occupant les enverrait en Allemagne.
Monsieur Pezard pense qu'il a bien fait d'avoir conduit son fils en Normandie, dans un petit village isolé, près de Falaise, le mêlant à la famille d'un de ses cousins qui l'avait accueillit comme un fils.
Maintenant, il fallait organiser la vie de sa famille, une vie toute différente de ce qu'elle avait été, joyeuse et tournée vers l'avenir.
Certaines écoles sont encore fermées dont l'institution religieuse où Hélène préparait des études supérieures. Elle a le choix, comme le souhaite son père, des études comptables pour la diriger vers des administrations, sinon, la pension en acceptant de perdre au moins une année.

La décision est rapide, elle ne souhaite pas quitter sa famille et son environnement retrouvé. On décide qu'elle rentrerait dans une école de comptabilité et apprendrait en même temps, le secrétariat de direction.
A sa grande joie, elle retrouve, dans cette école, une camarade de son collège, Céline et se trouve moins seule.
Depuis l'Armistice, le Maréchal Pétain s'est installé à Vichy et règne sur la France libre. Il est acclamé par tous les Français.
Hélène est anxieuse de toutes ces nouvelles car son père ne cesse de désapprouver la position du Maréchal affirmant qu'il a vendu la France aux Allemands.
Céline veut lui remonter le moral et lui répond que son père est trop défaitiste, que, bien au contraire, ses parents fervents catholiques et pratiquants sont persuadés que le Maréchal est celui qui sauvera la France et les protégera de l'envahisseur.
A Vichy, un vice-président a été nommé, auprès de Pétain, Pierre Laval qui prononce, pour la première fois, le mot de collaboration.
Le 24 octobre 1940 a eu lieu la conférence de Montoire commençant par une poignée de main entre le Maréchal Pétain et Hitler qui fait frémir les Français.
La nourriture est contingentée, on distribue des cartes de ravitaillement et on ne circule pratiquement plus qu'en vélo.
Une ordonnance allemande, ratifiée par le gouvernement français à Vichy, ordonne l'exclusion des juifs de la fonction publique, des administrations, des médias, des arts et précise qu'ils doivent se faire recenser dans des commissariats de police pour apposer un tampon « juif » sur leur carte d'identité.
Le Maréchal se déplace dans plusieurs villes de France libre, la zone « no no » comme on l'appelle. Il est accueilli à Lyon par le Cardinal Gerlier qui déclare « *Pétain, c'est la France et la France c'est Pétain* ».

Hélène, mon amie,
C'est toujours de Juan les Pins que je t'écris où je commence à m'ennuyer. La vie a beaucoup changé ici. Une multitude d'étrangers et d'inconnus est arrivée de zone occupée. Des fêtes ont lieu dans de grands hôtels et casinos, l'argent se dépense sans compter. Plus possible ici comme à Cannes de consommer à certaines heures aux terrasses des cafés toujours pleines.
On voit également beaucoup de juifs qui, dit-on, se seraient enfuis loin des Allemands, craignant des arrestations, les appartements se louent à prix d'or.
Dans ce climat étrange, ma grand-mère commence à se demander si nous ne ferions pas mieux de retourner à Paris.
Ce serait une grande joie pour moi de vous revoir tous.
Ton amie qui pense beaucoup à toi.

Pauline

Hélène toute heureuse, en recevant cette lettre, ce jeudi après midi où elle n'avait pas cours, descend au premier étage, chez Marina, pour partager sa joie. Elle admire cette grande fille, à peine plus âgée qu'elle. De longs cheveux fins, blonds, tombent sur ses épaules et lui donnent un air slave qu'elle tient de sa mère.

Comme à l'habitude, à l'heure du goûter, la vieille servante que ses parents avaient amenée avec eux, lorsqu'ils sont arrivés en France, les appelle dans la cuisine où elle avait préparé des gâteaux, spécialités de son pays, avec un bol de chocolat. Elle s'exprime difficilement en français et ne sort jamais. Elle garde toujours un fichu noir sur la tête comme on en voit sur certaines femmes de l'Est. On l'appelle « Mam » et il est difficile de lui donner un âge.
Quand Madame Pezard reçoit des invités, elle lui demande de venir confectionner un plat de son pays qu'elle laisse

mijoter longuement sur la cuisinière à charbon qui chauffe la cuisine.
Monsieur Pezard qui aime la bonne chère, à ses moments de loisirs, l'observe souvent, mais elle ne lui montre pas ses petits sachets, qu'elle prend parfois dans la poche de son grand tablier et qui parfument étrangement ses sauces. Elle est respectueuse vis à vis de lui et l'appelle « Chéri Monsieur » ce qui fait rire les enfants car leur mère n'a pas droit à ce titre.
Chez Marina, Hélène se sent bien. Son amie se met parfois au piano pour elle et lui joue des mélodies de son pays. Parfois aussi, Monsieur Savitch rentre et leur apporte de magnifiques manteaux de vison ou de castor à essayer qui leur arrivent jusqu'aux pieds et elles se prennent pour des grandes dames, devant la glace.
Ces manteaux sont destinés à une importante maison du faubourg Saint-Honoré qui le livre mais souvent aussi, des particuliers s'arrêtent dans la rue, devant le porche, avec des grosses voitures telles qu'on n'en voit plus par ici.

Monsieur Pezard parle quelque fois à voix basse avec Yvan Savitch des événements actuels, celui-ci étant juif, l'avenir lui paraît incertain et il met toute sa confiance en cet homme sérieux et bon qui ne fuit pas ses responsabilités et n'accepte pas la défaite de la France. Se confier à lui est un grand soulagement car la fuite semble être le seul espoir possible.
Depuis le statut des juifs, d'octobre 1940, un recensement doit avoir lieu et il est à craindre que d'autres mesures soient prises qui aggraveront cette situation. Envisager un départ clandestin lui semble impossible avec sa famille.
Monsieur Pezard lui promet d'y réfléchir et, d'ores et déjà, lui propose de prendre « Mam » chez lui qu'il fera passer pour leur grand-mère bretonne. Son parler est pratiquement incompréhensible et ils pourront la loger dans une petite chambre, au bout de l'appartement.

Ma chère Pauline, c'est formidable, tu vas revenir, Marina va être très heureuse. J'étais chez elle, hier jeudi, Mam nous a fait un goûter à sa façon, comme tu sais. Cette vieille femme est toute contente de nous faire plaisir avec peu de chose, de la farine, un peu de lait, un œuf, elle réussit d'excellents gâteaux.
C'est que nous commençons à être privés, ici à Paris. Nous devons faire la queue au boulanger et autres commerçants avec des cartes de ravitaillements.
Après notre goûter, Marina m'a joué au piano de jolis airs et mélodies de Hongrie, très doucement, car son père travaillait à ses fourrures dans la pièce à côté. Il paraît avoir beaucoup moins de travail. Je pense qu'il a des inquiétudes sur la situation actuelle. Il en a même parlé avec papa, très bas pour que nous n'entendions pas et Marina semble très soucieuse. Je n'ai pas osé l'interroger.
Reviens vite, Pauline, j'ai peur de ce qui peut arriver.
Hélène

Monsieur Pezard s'absente très souvent, le soir, pour monter au sixième dans cette chambre isolée dans les combles, pour écouter « Radio Londres ». La B.B.C. commence toujours ses émissions, par la cinquième symphonie de Beethoven.
Elle dénonce la politique de Vichy, qui collabore de plus en plus avec les Allemands. Elle met en garde les Français de ne pas croire les informations données par la radio de Paris et il est vrai que beaucoup de personnes commencent à douter que Pétain, malgré sa bonne volonté, soit capable d'empêcher des répressions de plus en plus menaçantes de l'occupant. Plus de cinquante otages ont été fusillés et s'il a condamné ces exécutions, il n'a pu les empêcher.
En ce mois de décembre 1941, il avoue, dans un discours, son impuissance à lutter contre certains agissements des

Allemands et accuse la presse de Paris et de Londres, de créer la désunion. « A*idez-moi* » implore-t-il.
Paul Claudel écrit : *« France écoute ce vieil homme qui sur toi se penche et te parle comme un père ».*
Que penser, que croire, dans cet amalgame de promesses et de menaces ? Les Français doutent mais les faits sont là. Les exécutions d'otages continuent, les restrictions augmentent mais pour beaucoup la sincérité de Pétain reste intacte.
Ce n'est pas le cas pour Monsieur Pezard qui, depuis le début de l'occupation, condamne la politique de collaboration et d'antisémitisme de Vichy.
De nombreuses arrestations de juifs ont lieu à Paris.
« Tous les juifs d'Europe doivent être déportés » annonce Hitler.
D'importantes sociétés, dirigées par des Israélites ferment leurs portes et il n'est pas rare d'y voir le drapeau hitlérien accroché à leur enseigne.

Pauline,
J'avais espéré ton retour et je me sens seule. C'est à toi que je confie encore mon chagrin. Mes parents s'isolent pour parler mais je ne suis plus une enfant et je devine les événements qu'ils me cachent. Papa s'absente de plus en plus en dehors de son travail. Il nous a annoncé que « Mam » viendrait passer quelque temps à la maison. En fait, elle s'est installée dans l'ancienne chambre de Marc, lorsque j'étais à mes cours. Nous devons, m'ont dit mes parents, vis-à-vis des étrangers, dire qu'elle est notre grand-mère bretonne. Nos grands-parents sont décédés et, en plus, ils n'avaient pas cette allure.
Pourquoi ne l'avoir pas mise au sixième où nous avons une pièce qui ne sert pas ? Non, a dit maman, à son âge, il lui serait difficile de monter et de descendre.
J'ai voulu en savoir plus et je suis descendue sonner chez Marina, à plusieurs reprises. Personne n'a répondu, j'ai

collé mon oreille à la porte, aucun bruit n'est perceptible. Je suis descendue, j'ai regardé les fenêtres côté cour et côté rue, tous les volets sont fermés. Il est impossible que Marina ne m'ait rien dit en partant ou ne m'ait pas laissé de mot.

Un fait plus étrange encore. Je faisais la queue chez le boulanger que tu connais, à gauche au coin de la deuxième rue.

J'ai cru voir Marina sortir avec un pain, un grand foulard sur la tête d'où s'échappaient ses grandes mèches dorées, je l'ai appelée mais elle a continué de marcher sans se retourner puis a disparu dans un immeuble. J'ai couru et ne l'ai pas retrouvée. Ce ne pouvait pas être elle, elle aurait reconnu ma voix quand j'ai crié son nom. J'en ai parlé à maman qui m'a assuré que c'était impossible et que je me faisais des idées.

Un autre jour, il y a peu de temps, après le dîner, des bruits de pas, de voix dans l'escalier. Mon père nous fait signe de rester, de nous taire et descend. Je suis restée sur le palier, j'ai pu voir et entendre d'abord qu'il s'adressait à trois hommes en pardessus et chapeaux foncés.

— « Que désirez-vous, Messieurs ? »

— « Vos papiers d'abord. »

Mon père s'exécute et dit : « Je suis « attaché spécial *» à la Recette Centrale des Finances. »*

Les hommes ont dû être impressionnés par son calme, son autorité et sa position, l'un d'eux dit poliment :

— « Nous désirons voir Monsieur Savitch et sa famille, nous frappons et personne ne répond. »

— « Ils sont partis, dit mon père, il y a quelques jours, des officiers allemands les ont emmenés dans un camion où se trouvaient déjà quelques personnes. Nous ne les avons pas revus. »

— « Très bien, nous n'avons pas été prévenus. »

Ils ont salué mon père et sont repartis. Maman qui comme moi avait tout entendu, s'est précipitée dans la cuisine, a

entouré « Mam » de ses bras et elles se sont mises à pleurer, je crois que c'était de joie et de soulagement et je ne comprenais pas.
Ont-ils vraiment été emmenés comme des prisonniers ? Je ne peux y croire, pas eux, pas Marina. Je voudrais tellement que tu reviennes.
Ton amie un peu perdue.

Hélène.

La politique antisémite, en zone libre comme en zone occupée, se produit sans que les Français en aient vraiment conscience. Ils sont préoccupés par le ravitaillement qui manque de plus en plus, ils ont faim et ceux qui le peuvent ont recours au trafic du marché noir, aux échanges de tabac ou autres contre nourriture. Certains font trente ou quarante kilomètres en vélo autour de Paris, espérant trouver du beurre et de la volaille dans des fermes même à des prix exorbitants. D'autres comme Madame Pezard, prennent le train avec des valises pour se rendre chez des paysans de la famille qui veuillent bien les ravitailler à des prix raisonnables.
Ceux qui n'ont pas cette possibilité souffrent en silence des privations ou se rebellent, accusant les Allemands d'épuiser l'économie du pays.
Les Français écoutant de plus en plus la radio anglaise, une véritable méfiance s'installe avec l'instauration du S.T.O. qui envoie les hommes travailler en Allemagne. Des maquis et des mouvements de résistance se forment un peu partout. Des maquisards sont dénoncés et tués. Pétain continue de parler de collaboration et son prestige s'atténue.
Beaucoup se raccrochent à l'espoir que la guerre n'est pas perdue. Que chacun a son rôle à tenir pour résister à l'envahisseur et lui faire comprendre qu'un jour, tous se réveilleront pour les chasser du pays.

Le 14 juillet, les drapeaux français étant interdits, on voit, sur les Champs Elysées, des femmes vêtues de chemisiers blancs, de jupes rouges et fichus bleus. Les hommes abordent des cravates ou pochettes aux trois couleurs. C'est pour le moment la résistance passive.
Malgré la vigilance toujours présente des occupants, une résistance intérieure se forme qui se nomme « la France libre » entretenue par la B.B.C. qui envoie des messages codés aux dirigeants des réseaux qui s'établissent partout en France.
Pétain souffre de son impuissance à soulager les maux des français, condamne les attentats et veut arrêter les exécutions d'otages, en vain, car les dirigeants ne sont prêts à aucune concession.
Monsieur Pezard se rendant chez des contribuables, près du boulevard de la Motte Piquet, a assisté, impuissant, à une rafle de juifs, par des policiers français, obligés, sans doute d'obéir aux ordres.
Il assiste aussi à l'internement d'hommes, de femmes, d'enfants au Vélodrome d'hiver. Il entend des prisonniers cognant, criant, réclamant à boire et à manger. Ils étaient des milliers parqués comme des bêtes.
Il reste longtemps sur place, abasourdi, ne pouvant se décider à rentrer. Il ne pourrait pas raconter à ses enfants ce qu'il a vu et entendu, c'est trop horrible. Ils pourraient penser que Marina et ses parents étaient parmi eux. Devant ce spectacle qui, il en est certain, restera à tout jamais dans sa mémoire, il se promet de faire tout ce qui est en son pouvoir contre l'occupant, contre les Français qui jouent la carte de l'Allemagne, telle que la milice qui était venue arrêter Yvan Savitch et sa famille. Il les a reconnus, ne s'est pas laissé intimider et n'a pas perdu son sang froid.
Vu sa position dans l'administration française, il ne peut qu'être très prudent, tout est dirigé par la Kommandantur, ce qui ne l'a pas empêché d'être présent le 11 novembre aux monuments aux morts de la dernière guerre où toute

manifestation était interdite. Il s'est joint aux maquisards tous réunis avec l'armée secrète des commandants et anciens officiers des « Forces Françaises Libres » qui apparurent salués par la population impressionnée par leur nombre et arborant le drapeau français.

Devant cette foule inattendue, les Allemands présents se trouvèrent dans l'impossibilité d'intervenir.

Hélène, mon amie de toujours, j'ai pleuré en recevant ta lettre, nous pleurions toutes les deux, ma grand-mère et moi en te lisant, te relisant pour bien comprendre dans qu'elle atmosphère vous viviez à Paris. Nous connaissons bien entendu les événements, nous écoutons la radio mais nous n'étions pas touchées dans notre cœur.
Que sont devenus Marina et ses parents ? C'est inquiétant. Tu sais que ma grand-mère l'aimait beaucoup, quand vous veniez toutes les deux à Juan, elle ne cessait de nous la donner en exemple, elle était la plus sérieuse des trois, nous rappelant l'heure de rentrer car nous étions un peu « fofolles » toutes les deux si heureuses d'être en vacances, livrées un peu à nous-mêmes, profitant d'une certaine liberté que nous n'avions pas à Paris.
Ici l'enthousiasme de vivre en zone libre a disparu. La plupart des personnalités qui étaient venues se réfugier dans le Midi sont reparties. Nos pensons que beaucoup de juifs ont dû gagner l'Afrique du Nord et s'expatrier aux Etats Unis. Les Allemands ont envahi la zone sud. La méfiance règne ici aussi, on ne se donne plus son avis sur les événements, on craint la dénonciation. Mes parents refusent que nous rentrions à Paris. Je prends des cours avec un professeur qui a établi une permanence à Juan depuis la rentrée.
Dimanche matin, j'étais à la messe avec ma grand-mère et pour la première fois, le prêtre a eu des propos véhéments envers les Allemands pour les atrocités commises envers

les juifs et les décisions arbitraires du régime de Vichy à leur sujet, que le clergé ne pouvait approuver.

J'attends bientôt une lettre de toi et des nouvelles de Marina, je suis inquiète, je t'embrasse.

Pauline

Cette correspondance entre Hélène et Pauline entretient une amitié qui date de leur jeune âge et elles n'ont pas cessé d'échanger leurs idées. Pourtant leur caractère est différent. Hélène toujours prête à sortir du rang, à s'indigner pour des sentiments qu'elle ne partage pas, à s'enthousiasmer pour des grandes causes ou découvertes. Pauline, plus calme, plus réfléchie, appartient à une famille bourgeoise. Ses parent, catholiques fervents suivent et font suivre à leurs enfants des règles imposées sans les discuter.

Leur professeur de français, dans cette institution où elles ont passé leur jeunesse était la Supérieure du collège, Mère Marie-Pierre ; elle savait leur faire prendre conscience de leurs devoirs, leur inculquer ses connaissances, les faire vibrer pour des œuvres littéraires. Elles l'aimaient et l'admiraient beaucoup, différente des autres professeurs qui leur enseignaient les maths, les sciences sans déborder de leurs fonctions.

Hélène qui absorbait difficilement les autres matières, se consacrait à son penchant pour la poésie, à son envie d'être la meilleure dans ce domaine. Elle apprenait par cœur, des pages de Corneille, Racine, Victor Hugo qu'elle répétait en faisant sa toilette, souvent interrompue par les moqueries de Marc et d'Aline et s'ensuivait des batailles de serviettes et de coussins.

Son père intervenait, partageant ses goûts pour la poésie. Quand il lui arrivait d'inviter quelques amis, lorsqu'il avait eu la chance de bénéficier de bons rôtis ou poisson,

denrées rares en période de si grande pénurie, il aimait demander à son épouse de chanter des morceaux d'opérettes ou chansons anciennes. Aline, elle, ne se faisait pas prier, elle avait hérité de la voix de sa maman. On lui demandait chaque fois la chanson « Premier rendez-vous » succès du film avec Danielle Darrieux dont elle a les grands yeux bleus et l'air candide.
Hélène ne chante pas mais son père insiste pour qu'elle dise des poèmes. Elle refuse, se sentant ridicule, surtout lorsqu'il lui demande de réciter « Waterloo » qu'elle ne trouve pas à sa place dans un repas qui se termine toujours gaiement.
Ma chère Pauline, je sens que tu as beaucoup de peine et je réponds très vite à ta récente lettre. Non, je n'ai pas d'autres nouvelles de Marina et sa famille. J'interroge souvent papa à ce sujet, il me dit que nous ne devons pas nous inquiéter, que Monsieur Savitch a des relations importantes, qu'il était prévenu de ce qui pouvait leur arriver et qu'il a dû prendre ses dispositions. Enormément de juifs ont eu la possibilité de quitter la zone occupée, avec l'aide de Français qui se dévouent pour cette cause. Je sens qu'il sait quelque chose et ne veut rien me dire. Il faut espérer, Pauline, un jour cette guerre sera terminée car c'est toujours la guerre, malgré cet Armistice qui n'a été qu'un leurre, tu dois me croire, ton Maréchal ne nous sauvera pas, il a sans doute essayé et nous avons eu tort d'y croire.

Reprends espoir, Pauline, de nombreux Français travaillent en silence pour sauver des hommes, pour lutter contre la tyrannie, pour qu'un jour nous soyons libres.
Je vais te faire rire un peu, dimanche papa avait convié quelques amis à partager un énorme rôti que lui avait vendu son boucher, on y avait ajouté de bonnes rillettes que maman avait ramenées la semaine dernière et « Mam » nous avait préparé un gâteau. Ceux qui étaient

là n'avaient pas la chance, comme papa, de bénéficier d'une telle aubaine, quand il le pouvait, de ce commerçant honnête, qu'il connaissait bien, pour lui avoir accordé des délais de paiement avant la guerre et qui s'en souvenait.
Après le repas, comme d'habitude, dans ces rares occasions, on demande à maman de chanter. Après ce fut au tour d'Aline et de son répertoire. Je me faisais toute petite mais papa a voulu que je récite Waterloo et je me sentais vraiment ridicule. Que pouvaient-ils comprendre, à cette heure du repas, pleinement rassasiés, de cette magnifique tirade qui m'arrache des larmes, de ces soldats épuisés, se traînant dans la neige, croyant la victoire toute proche, glorifiant leur Dieu et tombant devant l'effroyable armée qui les massacra.
Bien sûr, ce n'était pas les Allemands, à l'époque, mais les Anglais et quand j'y pense, notre Napoléon voulait aussi s'approprier le monde.
Je hais la guerre, Pauline, pourquoi faut-il rester comme des petits moutons, derrière des conquérants toujours insatisfaits ? La paix devrait être la priorité des hommes.

Je ne t'oublie pas et comme toujours je te dis tout ce qui me passe par la tête.

Ton amie Hélène

Monsieur Pezard qui se déplace fréquemment au Ministère a appris, tout en suivant les informations à la B. B. C. que, malgré les accords conclus, Hitler lance une partie de son armée et de ses chars en Russie, sans déclaration de guerre.
Ils prennent d'assaut plusieurs villes mais Staline réagit et organise une résistance opiniâtre autour de Stalingrad, les habitants montent des barricades et défendent maison par maison. Des milliers d'Allemands furent tués ou faits prisonniers.

Quelque temps plus tard, par radio, il apprend l'attaque de Pearl Harbourg des forces américaines stationnées dans le Pacifique causant la mort de nombreux soldats, ce qui décide le Président Roosevelt à lancer les Etats Unis dans la guerre et c'est bientôt le débarquement des forces anglo-américaines en Afrique du Nord.
Dans la rue, le moral des français se lit sur leurs visages. Quand ils croisent l'Allemand, là, dans le métro ou ailleurs, ils ne baissent plus la tête de honte, ils se redressent, un sourire aux lèvres croyant enfin, qu'un jour, ils les chasseront.
Quelquefois, Hélène, le jeudi, part en vélo, au Ministère des Finances, pour y remettre des papiers de la part de son père. Ce jour là, en rentrant, elle avait traversé le jardin des Tuileries, comme elle aimait le faire et, en arrivant à la Concorde, elle s'aperçoit que son vélo est crevé. Impossible de continuer à rouler. Elle regardait les passants qui la croisaient indifférents, elle ne voyait pas comment elle pourrait rentrer à la maison, en faisant autant de kilomètres en tenant le guidon de son vélo et impossible de le laisser sans se le faire voler.
Elle marcha ainsi jusqu'aux Invalides, en s'arrêtant souvent, regardant son pneu avec désarroi et si quelqu'un pouvait lui réparer quand une voiture s'arrêta à sa hauteur, en descendit un officier allemand, qui, parlant assez bien le français, lui demanda en regardant la roue de son vélo :
— *« Il est crevé, Mademoiselle, avez-vous quelque chose pour réparer ? »*
— *« Non c'est la première fois que je crève et je n'ai rien, j'ai dû rouler sur quelque chose de tranchant. »*
— *« Vous allez loin ainsi ? »*
— *« Je dois encore faire cinq ou six kilomètres pour rentrer à la maison. »*
— *« Vous n'y arriverez pas ou vous serez très fatiguée. Voulez-vous que je monte votre vélo dans ma voiture et je vous accompagnerai. »*

— *« Non, ce n'est pas possible, je ne peux pas monter avec vous. »*
— *« Vous ne devez pas avoir peur, j'ai une fille de votre âge en Allemagne, tenez, regardez ».* Il prit un portefeuille dans sa veste et montra à Hélène un couple avec deux enfants.
— *« Voyez, je suis ici avec ma femme et mes deux enfants, les Allemands ne sont pas tous des brutes ou des assassins, j'aimerais mieux être auprès d'eux, qu'ici dans votre pays. »*
Hélène soulagée n'hésita pas à monter à côté de lui, lorsqu'il eut chargé son vélo derrière. Elle songea, tout à coup, que si une connaissance ou son père la voyait ainsi à côté d'un Allemand, ce serait un drame.
Devinant ses pensées, l'homme la regarda :
— *« Ne vous effrayez pas et indiquez-moi le chemin, je ne connais pas Paris, je suis arrivé par avion et cette voiture m'attendait à l'aéroport. Je dois me rendre à l'Ecole Militaire. »*
Toujours méfiante, Hélène lui dit :
— *« Vous parlez bien français pourtant. »*
— *« Oui, j'ai étudié longtemps votre langue et je ne pensais pas que la guerre me conduirait ici. J'ai lu tant de choses sur votre pays, j'aurais aimé le faire découvrir à ma famille. »*
— *« J'ai beaucoup de peine à vous croire, il y a tant d'hommes cruels chez vous. »*
— *« Non, ne croyez pas cela. Les jeunes, c'est vrai, ont été enrôlés, presque enfants, dans l'armée, pour vaincre, pour être les plus forts mais croyez que s'il n'y avait pas eu des hommes comme moi, votre belle cité serait déjà détruite. En longeant la Seine, j'admirais vos beaux monuments, construits pierre par pierre depuis tant d'années, nous les admirons et les respectons, je vous prie de le croire. »*
— *« Nous sommes bientôt arrivés, Monsieur, je dois vous remercier. »*

— *« C'est bien, je suis heureux de vous avoir rendu service et pouvez-vous m'expliquer comment je peux rejoindre l'Ecole Militaire ? »*

Hélène lui expliqua clairement afin qu'il s'y retrouve. Elle monta rapidement à l'appartement et dut raconter son aventure.
— *« Je ne comprends pas,* lui dit son Père, *que tu aies accepté. Si quelqu'un t'avait vu, qu'aurait-il pu croire ? Et quand je pense que tu lui as indiqué le chemin pour se rendre à l'Ecole Militaire, chacun s'efforce de les envoyer ailleurs quand ils demandent un renseignement ».*
Elle s'est enfermée dans sa chambre, sans répondre, elle ne comprenait pas son père. Il est aveuglé par sa haine, se dit-elle. Elle doute d'elle-même. Avait-elle eu tort de faire confiance à cet homme ? Qu'avait-elle fait pour que son père soit si en colère ?

Comme d'habitude, elle prend sa plume pour raconter l'aventure à son amie. Après lui avoir tout expliqué, elle lui demanda :
Qu'aurais-tu fait à ma place ? Il a été très poli, très correct, un air très bon qui m'a donné confiance. En réfléchissant, je me dis qu'il doit y avoir, dans tous les pays, des gens qui ne souhaitent pas la guerre, à moins qu'ils aient été élevés pour ça. Il est ridicule de penser que parce que nous sommes nés d'un autre côté de la planète, nous devons être différents moralement et intellectuellement. Que des hommes se battent pour défendre un pays indûment attaqué, je les comprends, je les approuve mais entretenir la haine, non, je ne crois pas que tous les hommes soient capables de tuer, même un ennemi.
Tu vas penser que depuis que j'ai rencontré cet Allemand, mes sentiments ont changé. Je crois que je reste la même mais je réfléchis davantage. Beaucoup d'hommes se conduisent comme des petits moutons, s'ils sont bien diri-

gés, c'est parfait mais ils ne s'interrogent pas toujours. Certains peuples se révoltent contre leurs dirigeants mais seulement quand ils souffrent, quand ils ont faim, s'interrogent-ils autrement ?
Je t'entends d'ici. « Hélène calme-toi, tu deviens révolutionnaire ». Non, pas vraiment, mais pourquoi nous avoir inculqué tant de grands sentiments, nous rendre responsables de nos actes ? Tout cela me trouble beaucoup. Je sais que tu me comprends. Tu te rappelles les dialogues, les discussions que nous avions avec Mère Marie Pierre pendant les cours de français. Qu'est-elle devenue ? Je sais que les religieuses comme elle, qui enseignaient, ont été sécularisées depuis l'occupation.
Pauline, il est difficile, à notre époque, dans un pays occupé malgré nous, de savoir où est le bien, où est le mal. Quel crime ont commis Marina et sa famille dans le fait d'être juifs ? Tant de questions où tu ne m'apporteras pas de réponse, je le sais. Comme tu ne veux pas croire que Pétain ne peut rien pour nous, qu'il n'a pas empêché des hommes d'être fusillés parce qu'ils étaient patriotes, et évité la déportation des juifs. Que je voudrais te faire croire que des hommes travaillent pour notre libération, vont peut-être se faire tuer pour cela. Tu le comprendras bientôt et alors, on pourra enfin être ensemble, vivre comme avant.
Ce n'est pas de l'utopie, Pauline, tu dois me croire et ne pas penser que je suis euphorique sous prétexte que papa nous raconte tout ce qu'il entend à la B.B.C. et que cela nous remonte le moral. Jeudi, si je le peux, j'irai voir Jean Gourguet et Michelle, je leur expliquerai mon aventure, eux je pense sauront me comprendre. Je te raconterai. Je t'embrasse.

Hélène

Chacun est préoccupé par ses soucis, le ravitaillement de plus en plus difficile et, par de plus ou moins bonnes nou-

velles que font circuler les gens du quartier qui se retrouvent dans les files d'attente chez des commerçants, nouvelles que leur donnent souvent la radio anglaise et dont ils parlent à voix basse, quand ils connaissent les gens.
A l'Est, la lutte se poursuit autour de Leningrad, les Russes contre-attaquent, aidés de milliers de maquisards et font reculer l'armée allemande. Ils sabotent les voies ferrées, les convois allemands sautent les uns après les autres. Hitler ordonne à Rommel de séparer ses troupes et d'en lancer une partie sur Stalingrad bombardée, sans relâche, par leurs avions.
Des tranchées se forment dans les ruines de la ville, des réserves importantes, d'hommes, de chars, de canons arrivent de Sibérie, l'armée rouge contre attaque et fait reculer les Allemands anéantis par leurs pertes d'hommes et de matériel. Rommel sentant la défaite demande à abandonner Stalingrad, Hitler refuse et lui ordonne de résister.
Les Russes réussissent à les encercler et font la jonction.
C'est le début de la capitulation des Allemands en Russie, des milliers sont tués ou faits prisonniers.
En Afrique du Nord, les Anglais, commandés par le général Montgomery sont victorieux des Allemands et des Italiens à El Alamein.
Monsieur Pezard qui n'ignore rien des nouvelles, étant informé par diverses sources, redonne l'espoir aux siens et leur recommande de ne pas traîner dans les rues. Les attentats se poursuivent dans les lieux et les hôtels occupés par les Allemands qui deviennent nerveux. Ils ne se déplacent plus seuls mais par groupes. De nombreux messages codés sont diffusés par la B.B.C. et sans savoir ce que ça veut dire, l'oreille contre le poste, souvent en famille, chacun cherche à en déchiffrer le sens. Certains comprennent qu'ils doivent recueillir des parachutistes dans des endroits secrets sur notre sol et les cacher en attendant l'heure.

D'autres, doivent se contacter pour des instructions ou des attentats.

Pauline,
Je suis dans ma chambre, un peu triste, je devais travailler à mon devoir de comptabilité, formes de sociétés, bilans, pas très gai tout ça.

Je ne peux m'empêcher de penser à toi, à Marina et je prends ma feuille pour t'écrire. Nos discussions, nos jeux à toutes les trois me manquent et je voudrais que tu sois très attentive à ce que je vais te dire et qui me trotte dans la tête.
Voilà, j'ai observé papa, sans en avoir l'air. Dés qu'il a terminé son travail, il va à son bureau, ouvre un tiroir fermé à clé, prend une autre clé et indique à maman qu'il va là haut, écouter la radio. C'est une habitude et je ne dois pas être étonnée. Il y monte souvent des livres ou un paquet qu'il va prendre à la cuisine. Nous n'avons pas le droit d'y monter et il prend toujours soin, quand il redescend, de renfermer cette clé. Maman y monte quelque fois des affaires, pour les ranger, je pense, mais la semaine dernière, je suis rentrée plus tôt que prévu de l'école, notre professeur étant absent. En arrivant sur le palier, je vois maman qui venait d'en haut, avec un grand sac de linge. Elle eut un sursaut en me voyant, comme quelqu'un pris en faute :
— « Que fais-tu, maman, avec tout ce linge ? »
— « J'ai trié des affaires que j'avais rangées. »
— « Avec les livres que papa y monte, ce doit être plein car je me souviens, cette pièce est très petite. »
Maman ne répondit pas. Que de questions ainsi restées sans réponse ? Ca m'énerve un peu. Je crois que maman doit s'occuper des gens dans le quartier qui manquent de tout, papa apporte beaucoup de viande et de poisson que « Mam » cuisine, qu'elle met dans des récipients et qui ne

sont pas pour nous. Pourquoi ne nous font-ils pas participer à leurs actions ? Nous pourrions les aider. Je voudrais bien aussi aller quelque fois là-haut écouter la B.B.C.. Mes camarades en parlent à l'école, elles l'écoutent mais papa ne veut pas. Pourtant cette petite chambre est agréable, elle a une fenêtre dans la toiture qui donne sur un cimetière et elle est trop haute et trop en retrait pour être aperçue de la cour.
Pauline, tu sais que nous jouions souvent avec Marina à un jeu qui nous amusait beaucoup. Avec un mot, une phrase, dite par l'une de nous, les deux autres devaient deviner à quoi elles faisaient allusion : un film, un livre, une pièce, un événement.
Alors, concentre-toi, toi qui devinais toujours très vite. A quoi je pense, qui me donne envie de hurler, de ne pouvoir rien faire, rien dire. J'imagine ces deux années passées, nous avons 17 ans, Pauline, besoin de courir, de faire du sport, de voir des gens, de communiquer.
Je ne peux rien te dire, il faut que tu devines comme moi, avec ce que j'ai pu t'écrire, reprends mes lettres, pourquoi n'y ai-je pas pensé plutôt ?
Comment cela va se terminer, combien de temps tout cela va durer ?
Ecris-moi seulement un mot, Pauline, as-tu compris ?
Ta pauvre Hélène, qui crie à l'intérieur, qui rage en silence de n'avoir rien fait, rien vu.

Hélène descend poster la lettre elle-même, elle veut que Pauline la reçoive très vite et lui réponde, elle ne rêve pas, elle est certaine de ce qu'elle croit.

Ce jeudi, Hélène se rend chez Jean Gourguet et Michelle comme elle le fait quelque fois. Elle leur donne, comme ils aiment, les dernières nouvelles des événements actuels que lui communique son père, car contrairement à lui, ils écoutent peu la radio, mais préfèrent, dans des moments de

détente, écouter des disques de grande musique, qu'ils font connaître à Hélène.
Puis en prenant le thé que prépare Michelle, ils revivent le moment de leur rencontre. Jean parle aussi beaucoup de littérature, il sait qu'Hélène s'y intéresse. Il a lu tous les livres de Giono sur sa Provence natale. Il travaille beaucoup en ce début d'année 1943 et tourne un film avec Mireille Ballin, Jacques Dumesnil, Jean Debucourt et Sessue Ayakawa : « Malaria »
Il invite Hélène à venir voir prochainement, une partie du tournage dont la jungle allait être reconstituée vers le pont de Courbevoie.
Elle promet d'y aller et leur parle de son aventure avec la rencontre de l'officier allemand.
Jean l'approuve entièrement et calme ses scrupules ; pour lui tous les Allemands ne sont pas des guerriers comme on veut les voir mais un peuple cultivé, musiciens pour la plupart, un de ceux qui nous ressemblent le plus. Seul un fou sanguinaire a amené ces hommes à vouloir conquérir l'Europe. Une seule partie de l'armée le suit vraiment, les autres s'inclinent, certains qu'Hitler les conduira à leur perte. Il faut obéir ou être tué.
Il lui enlève l'idée qu'elle peut être coupable mais qu'elle n'aurait pas dû en parler à un moment où tant d'hommes et de femmes luttent contre l'ennemi pour leur libération.
Elle rentre à la maison réconfortée mais ne parle de rien. Il est arrivé au courrier une lettre de son frère Marc. Il annonce à ses parents qu'il a fait la connaissance, il y a quelques mois, de l'institutrice du village où il vivait, dans la ferme des cousins qui n'appréciaient pas, pour la réputation de cette maîtresse d'école, qu'il passe ses soirées chez elle. Ils ont donc décidé de se marier, dans la plus stricte intimité, en raison des événements actuels.
Monsieur et Madame Pezard, étonnés de cette rapide décision, vu l'âge de leur fils, tout juste majeur, décident que Madame Pezard irait au ravitaillement plutôt que prévu et

qu'Hélène l'accompagnerait. Elles prirent le train, chargées chacune d'une valise, en direction de la Normandie, mais cette fois, dans la région d'Argentan.
Une carriole attelée à un cheval et conduite par le cousin les attend à la gare. En route, il confirme à Madame Pezard ce qu'avait écrit Marc mais l'informe aussi que la jeune femme attend un bébé et qu'elle a demandé son changement pour un poste venant de se libérer, dans un village, environ à vingt kilomètres de chez eux, près de Chambois.
Cette nouvelle à laquelle Madame Pezard s'attendait sans vouloir y croire, la plonge dans un grand silence que, ni Hélène interloquée, ni le cousin n'ose rompre.
En arrivant à la ferme, elle accueille froidement Marc qui vient à leur rencontre. Pour des parents, un garçon de cet âge est encore un enfant. Elle lui reproche son manque de responsabilité vis à vis de cette jeune femme. Elle veut savoir si ses sentiments sont sincères. Elle sait son fils volage et est satisfaite d'apprendre qu'elle a quelques années de plus que lui.
Elle se présente, après le déjeuner, assez intimidée mais Madame Pezard pensant qu'on ne peut rien changer à la situation, décide de la mettre à l'aise.
Elle doit prendre son nouveau poste la semaine prochaine et ils décident d'aller ensemble visiter leur nouvelle installation dans l'après midi.
Conduits par Marc, ils reprennent la carriole, accompagnés d'Hélène. Elle ne veut rien perdre de cette visite qui va encore mettre de l'animation dans leur vie. Sa mère et son frère étant à l'avant sur la banquette, elle est assise avec la jeune femme derrière sur un banc. Elles doivent se tenir tant elles sont secouées. Elle n'aperçoit la route que par l'arrière, la carriole étant bâchée et servant surtout à la famille pour aller à la messe le dimanche.
Ils roulent dans la campagne, traversent un pays tout en longueur, puis, arrivant à Chambois, montent une petite

route pendant trois ou quatre kilomètres et arrivent sur une colline portant le nom de « Mont Ormel » Ils traversent le village et enfin, au bout d'un chemin, seule, face à la vallée, une maison normande, à colombages, c'est l'école et c'est leur maison. Ils entrent dans une pièce, pas très grande, avec des bureaux d'écoliers. Une petite estrade avec le tableau noir et le bureau de la maîtresse. Sur le mur des crochets pour pendre les vêtements. Une porte, au fond, donnant sur la cuisine et en face, deux petites pièces qui doivent être des chambres.
Hélène s'étonne d'une école si petite mais la jeune femme lui explique que seuls les enfants habitant le village ou les maisons alentours, viennent à pied, souvent de deux ou trois kilomètres. Les autres communes étant trop éloignées, ils n'ont aucun transport à leur disposition.
Faisant partie de la maison, une grande pièce sert de mairie dont la maîtresse d'école est secrétaire.
Comment Marc, se dit-elle, pourra supporter cette vie, lui habitué à vivre à Paris, sortant et rentrant souvent tard ?
Le retour à la ferme se fait en silence. On charge rapidement les deux grandes valises et la carriole reprend le chemin de la gare.
Dans le train, Hélène reste silencieuse, n'osant troubler les pensées de sa mère. Lors de l'arrêt dans une gare, des bruits de bottes sur le quai, des coups de sifflets, des Allemands s'introduisent dans les wagons. Des civils parlant français les accompagnent. Ils contrôlent les voyageurs, font ouvrir les valises et les sacs, confisquent diverses marchandises, bousculent des hommes et des femmes, les font descendre du train, les arrêtent invoquant le trafic du marché noir. Madame Pezard explique qu'elle a des enfants à nourrir, que ces marchandises proviennent d'une ferme de leur famille et servent à leur consommation personnelle. Les Allemands lui laissent le contenu des deux valises.

En arrivant à l'appartement, Hélène trouve une lettre de Pauline. Elle entre vite dans sa chambre, pour l'ouvrir.

Hélène, ma chère Hélène,
Quelle surprise en recevant ton dernier courrier ? Que devais-je faire ? Que devais-je comprendre ? Tu me posais là une énigme, je crois. Je l'ai fait lire à ma grand-mère, tu sais qu'elle était professeur. Elle m'aide beaucoup, en l'absence de mes parents, me comprends et participe à mes études.
J'ai donc repris tes lettres que je garde précieusement, classée par date. Nous les avons relues, chacune à notre tour. Nous nous sommes regardées, comme si nous ne voulions pas comprendre, ce n'était pas possible et « nous avons compris »
Oui, Hélène, tu as raison mais c'est fou, c'est impensable, quel risque, quelle idée folle !
A la réflexion, ne devons-nous pas nous réjouir en apprenant ici les événements atroces que nous apprenons sans vouloir y croire.
Ne dis rien surtout, Hélène, à personne, même à ta famille que « tu sais ». Les risques seraient horribles pour les tiens.
Maintenant, depuis l'invasion de la zone libre, les Allemands sont partout dans le sud de la France. Beaucoup de gens ont été arrêtés par des civils ou des militaires allemands, dans les immeubles, dans les rues, à la sortie des cinémas, des hommes, des femmes, des enfants, souvent des familles entières. Ils les font monter dans des camions bâchés.
Dans les files d'attente, chez les commerçants, les gens ne se parlent plus, se regardent avec méfiance.
Où sont donc nos soirées dans la Pinède où vieux et jeunes bavardaient gaiement en attendant la musique ?

Je regrette tous ces moments, Hélène, reviendrons-nous ensemble comme avant ? Tes éclats de rire, la douceur, les sourires complices de Marina, je n'ose plus y croire.
Je t'en prie, continue de tout me dire ! Tes pensées, tes chagrins, tes révoltes, je les comprendrai.
Pauline pour toujours.

Sur le visage d'Hélène, des larmes coulent lentement, elle s'approche de la glace, puis nerveusement, s'essuie les yeux, comme pour chasser cette faiblesse. Sa jeunesse l'empêche de participer à toute action révolutionnaire. Ses parents, trop vigilants et attentionnés, ne laissent à leurs filles que très peu de liberté.

Je suis apaisée, Pauline, tu partages enfin mon secret, tu penses comme moi, je n'ai pas rêvé, c'est un mélange de joie et de colère qui est entré dans mon cœur à cette révélation.
N'aies aucune crainte, je dois assumer ce secret, m'efforcer de ne rien dire, de ne rien faire, pour être digne de ceux qui l'ont fait depuis deux ans au mépris de leur vie. Je les regarde vivre, agir chaque jour, chaque heure, d'une façon naturelle et je n'ai plus de révolte, seulement une grande tristesse.
Je ne veux pas que tu la partages plus longtemps en me lisant et je vais te raconter une magnifique journée, la plus belle que j'ai passée, depuis le début de la guerre.
Comme Jean Gourguet me l'avait proposé, ce jeudi là, je me suis rendue, avec mon vélo, près du pont de Courbevoie, où il tournait des extérieurs de son film « Malaria ». La pénurie d'électricité ne lui permettait pas de tourner toutes les scènes en studio et de plus, pas question d'aller en Afrique !
Avec son équipe, ils réussissent un tour de force en reconstituant la Jungle au bord de la Seine, simulant des marais entourés de branchages, de lianes enchevêtrées,

des bungalows surélevés avec des rondins de bois forment un village africain. Des figurants noirs engagés dans certains quartiers de Paris tournent des scènes de brousse. Les bruits de « tam-tam » de vent, d'oiseaux, tout était si bien imité qu'on s'y croyait vraiment.
J'ai vu beaucoup d'artistes, d'abord Jacques Dumesnil, Jean Debucourt, Michel Vitold revêtus de tenues coloniales et casques blancs, Mireille Balin qui est la vedette du film.
Avec l'autorisation de Jean, j'étais cachée à l'arrière de la caméra, j'ai assisté à plusieurs scènes déjà répétées. Te souviens-tu de cet acteur étrange, Sessue Hayakawa, que nous avons vu quelquefois sur les écrans ? Il parle peu mais a un visage si expressif qu'on devine les paroles.
Un grand nombre de curieux et de spectateurs étaient venus voir cette étrange reconstitution. Viviane Romance, arrivée sur sa moto était très entourée ainsi que Corinne Luchaire. Je n'ai pas osé, cette fois demander des autographes, j'étais invitée et je devais être discrète. On devait me prendre pour une scripte ou comme quelqu'un qui travaillait pour le film.
J'ai conservé tous les souvenirs de cette extraordinaire journée que je vous raconterai, en détail, à toi et à Marina après la guerre.
Que ce jour vienne vite, il faut y croire, Pauline, de toutes nos forces.
Je t'embrasse,

Hélène

Ces simples lettres, exprimant leurs craintes, leurs petits bonheurs, leurs souvenirs, leurs espoirs les aident à passer ces années de leur jeunesse perdue à tout jamais. Même si la guerre se termine bientôt, rien ne sera plus pareil, l'insouciance de leur adolescence a cessé à quinze ans quand toutes les trois ont été séparées, témoins de tant d'horreurs.

Vivre à vingt ans de souvenirs heureux, si lointains, est anormal à un âge où les sorties avec les copains, les copines représentent tous les bonheurs.
Depuis le couvre feu, les distractions pour les jeunes deviennent rares, les cinémas ferment les uns après les autres par manque d'électricité et en raison des rafles et des attentats, il n'est pas prudent d'être dans les rues, le soir.
Malgré tout cela, il faut continuer ses activités, Hélène va régulièrement à ses cours de comptabilité et Monsieur Pezard monte aussi souvent dans la petite chambre, écouter la B.B.C.
La Corse qui avait été occupée en novembre 1942 par les Italiens est libérée par le Général Giraud avec l'aide des maquisards.
Pendant ce temps, à Vichy, la politique antisémite se poursuit et le Maréchal Pétain qui n'arrive plus à maintenir l'ordre, songe à se débarrasser de Laval. Hitler refuse et ordonne l'entrée dans le gouvernement de Joseph Darnand, chef de la milice, qui créait des cours martiales pour condamner à mort des résistants qu'il nomme « terroristes ».
Plusieurs villes de l'ouest de la France, ainsi que la région parisienne sont bombardées par les Alliés touchant des édifices occupés par les Allemands, tuant ainsi des civils. Le Maréchal Pétain condamne sérieusement ces agressions et en avril 1944 décide d'aller à Paris pour parler aux Français en invoquant ce motif mais aussi pour s'exprimer dans une phrase qui fût censurée, par la suite « *j'espère revenir plus tard et alors je n'aurai plus à prévenir mes gardiens* ». Plus de cinq cent mille français l'accueillent à l'Hôtel de Ville de Paris.

DEBARQUEMENT BATAILLE DE NORMANDIE

Malgré le vibrant accueil réservé au Maréchal, à Paris, la majorité des français, attend et croit fermement au débarquement des alliés et à leur libération.

Monsieur Pezard est toujours très attentif aux messages diffusés par la B.B.C.. Ses rendez-vous au Ministère, rue de Rivoli, sont de plus en plus fréquents et ses conversations à voix basse avec son épouse, le soir, lorsque les enfants sont couchés, n'échappent pas à Hélène qui juge cela un peu ridicule. Elle approche de ses vingt ans maintenant et ne veut rien ignorer de ce qui se passe autour d'elle. Elle écrit toujours à Pauline, encore à Juan les Pins, mais leurs lettres sont plus sérieuses, plus secrètes. Ces années passées dans l'attente, dans la souffrance de l'absence des êtres chers, dans la vision, plus ou moins proche, des évènements, toutes choses que leur sensibilité n'admet pas.

Voilà quatre ans qu'elles vivent dans l'attente d'un bonheur qui n'arrive pas. Elles sentent qu'il est proche mais elles n'y croient plus ou il faudra, sans doute, le payer très cher encore, par des morts, des familles désunies, des pays dévastés.

Ma chère Pauline,
C'est encore près de toi que je me réfugie, je me sens seule, mon père est très occupé, beaucoup d'amis autour de lui ont étés arrêtés. Nous sortons rarement. Nous avons

eu des nouvelles de Marc. Leur petite fille qui est née à la fin de l'année dernière a quelques mois maintenant. J'aurais tellement aimé voir ce bébé que je ne verrai pas grandir. Impossible nous dit Papa d'aller en Normandie, maintenant, les Allemands s'attendent à un débarquement sans savoir où exactement. Marc nous écrit également que sur les murs est affiché que toute personne qui aiderait directement ou indirectement des résistants ou des maquisards serait fusillée. Sa femme a reçu un ordre de la Kommandantur qui lui a été transmis par l'Education Nationale, d'afficher que les habitants du pays et des alentours dépendants de sa mairie, viennent déposer leur poste de radio dans ses locaux. C'est un ordre, elle ne pouvait que s'y soumettre. Les Allemands craignaient que des messages de la radio anglaise informent les maquisards et les résistants de la région, d'engager des complots ou actions contre eux.

Tu vois que nous vivons tous ici ou ailleurs des moments très difficiles et qu'il doit en être de même pour vous maintenant dans le sud de la France.

Ton amie. Hélène.

Monsieur Pezard, très informé de ce qui se passait en Angleterre et de la suite des événements, est très inquiet sur le sort de sa famille ainsi que sur celui de son fils, son épouse et leur bébé restés en Normandie. Des messages codés, réservés à la résistance, les informaient, qu'en cas de débarquement annoncé, ils devaient couper les routes d'accès à la côte par des barricades, arbres, tracteurs et autres moyens à leur disposition. Qu'ils devaient aussi récupérer tous les soldats qui seront parachutés dans des endroits indiqués, le long des côtes.

Les communications deviennent de plus en plus difficiles et les radios souvent brouillées.

Ce soir du 5 juin 1944, après le dîner, Aline et Hélène, s'apprêtent à regagner leur chambre pour travailler, quand leur père qui s'était absenté, rentre brusquement, s'assied devant son épouse, la regarde fixement dans les yeux et d'une voix sourde et lente lui récite ces vers de Verlaine :

« Les sanglots longs
des violons de l'automne
blessent mon cœur
d'une langueur monotone. »

Des larmes brillent dans ses yeux. Madame Pezard qui attendait, sans doute depuis longtemps, ce moment-là, embrasse son mari, ses enfants, invite « Mam » à venir les rejoindre pour leur annoncer, enfin, la nouvelle tant attendue.

Le débarquement des Alliés sur les côtes françaises était en cours. Les embrassades, les cris de joie n'en finissent plus mais Monsieur Pezard les calme rapidement :

« L'arrivée des Alliés sur les côtes de France n'est pas la fin de la guerre, ni la libération de Paris. Ce sera sans doute long, beaucoup de soldats, beaucoup de gens vont être blessés, vont mourir pour sauver leur pays. Des volontaires, des nations amies, donneront leur vie pour nous libérer. Nous devons les aider mais ne pas entraver leurs actions. Ils avanceront vers nous mais il faudra conquérir ville par ville, région par région ; les Allemands risquent de devenir plus cruels encore, se vengeront sur les civils. Les résistants se dévoileront, de même que ceux de la dernière heure qui risqueront d'être maladroits et d'agir sans ordre précis. Beaucoup seront tués par manque de prudence et d'organisation. Aline et Hélène n'iront pas à

leurs cours et jusqu'à nouvel ordre, vous ne sortirez pas. J'assumerai le ravitaillement. »

Le 6 juin au matin, une animation anormale dans les rues ! Les gens s'interpellent, s'interrogent, voulant savoir si c'était vrai et où le débarquement avait eu lieu. Les Allemands avaient massé des troupes sur toutes les côtes et fortifié les endroits stratégiques les plus proches de l'Angleterre comme le Pas de Calais.

Il est difficile d'entendre d'autres nouvelles à la radio qui reste plus ou moins brouillée. La B.B.C. donne des instructions aux réseaux de résistance pour recueillir les parachutistes et barrer les routes de la côte aux Allemands.

Le débarquement a commencé sur les côtes normandes, en Basse Normandie sur un front d'environ quarante kilomètres. Auparavant, les Alliés avaient bombardé massivement les endroits fortifiés, ce qui permit l'arrivée sur la côte de chars amphibies, de bulldozers, de chars lance-flammes, avant la contre-attaque allemande, disposant ainsi de l'avantage de la surprise.

Celle-ci ne tarda pas à se manifester par des blindés allemands qui repoussèrent les Alliés en deux ou trois points de la côte faisant des milliers de victimes. Ils purent, néanmoins, se maintenir sur d'autres points et consolider leurs positions.

Le lendemain, à Radio Paris, le Maréchal Pétain recommande aux Français le calme et la discipline.
Laval proclame : *« La France a signé l'Armistice, elle doit faire honneur à sa signature. »*

Les Français se moquent bien de ces avertissements, chacun, à sa façon, veut participer à la libération, défier l'ennemi, se venger des collaborateurs.

La voix de De Gaulle se fait entendre à la B.B.C.

« La bataille suprême est engagée, voici venu le choc tant espéré, le devoir est simple et sacré, il faut détruire l'ennemi qui souille la patrie. Cette bataille, c'est la bataille de la France. »

En province, comme à Paris, tous ceux qui le peuvent ont rejoint la résistance et le maquis, tous veulent se battre.

Sur le front de Normandie, la bataille fait rage et la progression vers l'intérieur a commencé.

Le franchissement des falaises qui bordent la côte normande, à cet endroit, les blockhaus avec le feu des armes des divisions allemandes arrivées sur les lieux, coûtent d'énormes pertes aux Alliés, mais d'autres soldats sont débarqués et repoussent les attaques ennemies.

Trente cinq mille hommes prennent ainsi pied sur le sol français appuyés par l'aviation anglaise qui a la maîtrise du ciel.

Comme cela avait été prévu, avant le débarquement, beaucoup de militaires sont parachutés sur différents endroits de la côte. Les maquisards, avertis par la radio anglaise, s'efforcent de les récupérer mais les renseignements ne sont pas assez précis et certains se retrouvent prisonniers dans les lignes allemandes, d'autres sont mitraillés avant même d'atteindre le sol français.

A Paris, l'évènement est ressenti différemment par chacun. Ceux qui attendent depuis longtemps les messages de la radio anglaise avec un rôle déjà actif dans la résistance et qui doivent agir.

Ceux qui, jusqu'à présent, n'ont fait qu'attendre mais ont leur brassard FFI prêt dans leur poche pour participer aux actions.

Ceux qui ont joué la carte de l'Allemagne, qui ont participé à des arrestations, à des dénonciations et ne désirent pas sortir de l'anonymat en attendant la suite des évènements.

Quant aux militaires allemands stationnés à Paris, ils attendent des ordres pour rejoindre le front et aider à repousser l'avance des Alliés.
D'autres, qui doivent rester sur place, des officiers pour la plupart, se réunissent et s'enferment dans des grands hôtels qu'ils avaient réquisitionnés dans le centre. Devront-ils donner des ordres pour détruire Paris ? Devront-ils se heurter à cette foule en liesse qui sort de partout arborant des drapeaux français avec la croix de Lorraine ? Il n'y a plus d'arrogance sur leur visage, seulement une grande déception, une amertume d'avoir cru à la victoire.

De son côté, Monsieur Pezard est très actif. Il écoute peu la B.B.C. maintenant, préférant se rendre au Ministère où les nouvelles lui parviennent plus directement. Certains services secrets avec lesquels il est en relations sont reliés aux informations anglaises.

Il sait qu'il faut être de plus en plus prudent, l'avance en Normandie risque d'être longue et les combats très violents.

Si la progression alliée est maintenue sur certains points de la côte, elle est repoussée par les contre-attaques allemandes sur d'autres points.

Le 14 juin, le Général de Gaulle, entouré des ses plus fidèles compagnons qui, avec lui, ont toujours cru à la victoire, foule enfin le sol français, sur la plage de Courseulles, rejoint Bayeux, la première ville libérée en traversant des villages normands presque totalement détruits. Il est acclamé par une foule en liesse et dit sentir de toutes parts *« que l'espérance nationale remonte du fond des abîmes. »*
Monsieur Pezard s'empresse de rentrer à l'appartement où l'attendent avec impatience sa femme et ses enfants pour qu'il raconte tout ce qu'il a appris. Aline et Hélène ne veulent plus maintenant qu'on les prenne pour des enfants et leur père en est conscient.

Il est trop tôt pour parler du sort de Marina et de sa famille. Personne n'ose aborder ce sujet.

Les Allemands sentent que la victoire leur échappe. Ils surveillent de plus en plus les allers et venues des passants craignant pour leur vie. La milice parcourt les rues, le soir en voiture, guette les gens qui sortent des immeubles et n'hésite pas à tirer.

Ils recherchent toujours les juifs qui peuvent être cachés par des habitants et des trains chargés de prisonniers ou militants communistes et autres partent encore pour l'Allemagne.

Hélène qui n'avait aucune nouvelle de Pauline depuis le débarquement, décide de lui écrire.

Pauline,

Tu ne recevras plus mes lettres maintenant car je ne pourrai pas les envoyer, le courrier est tout à fait irrégulier et je ne peux pas confier tout ce que je voudrais te raconter, à la poste, ce serait trop dangereux.

Nous vivons ici, dans l'appartement, dans l'attente des nouvelles que nous apporte papa, quand il va au Ministère. Elles sont réelles car les radios sont toujours brouillées volontairement pour empêcher les Français de suivre les évènements. Tu te rappelles l'expression employée et chantée souvent à la B.B.C. « radio Paris ment, radio Paris est allemand » dans ce cas il vaut mieux ne pas nous informer.

Il ne fait pas bon être dans les rues en ce moment, même dans la journée. Il y a des attentats par des résistants qui font exploser des engins devant les immeubles occupés par les Allemands ou la Kommandantur. La milice circule dans les rues veillant à leur sécurité. De nombreux camions militaires bâchés et camouflés de branches et de feuilles emmènent des soldats allemands vers la Normandie pour soutenir les attaques et compenser les pertes qu'ils subissent.

Nous supportons de rester enfermés dans l'appartement malgré que les jours nous semblent longs, car je pense, sans vouloir t'en dire plus, à une personne qui nous est très chère, qui vit un martyr, plus grand encore, depuis plusieurs années, mais l'espoir est là, Pauline, proche, j'espère que nous serons tous en vie pour fêter ce jour ensemble.

C'est avec ce vœu, du plus profond de mon cœur, que je vais ranger cette lettre dans mon coffret car je crois que tu la liras bientôt.

Ton amie. Hélène

Sur le front de Normandie, l'avance des Alliés vers Caen, défendue par la 21ème division des Panzers allemands qui résistent avec acharnement est difficile mais ils vont se trouver à court de carburant avec l'impossibilité de s'en procurer. La ville ne sera prise par les Britanniques que le 6 juillet.

La défense allemande s'épuise et les divisions de Panzers doivent reculer pour se regrouper en direction de Falaise pour faire face aux troupes américaines, canadiennes, polonaises venues en renfort.

Lorsque le débarquement sur les côtes normandes avait été décidé par les autorités américaines et anglaises, le Président Roosevelt a désigné le Général Eisenhower commandant des forces américaines en Europe, qui lui-même nomme le Général Montgomery commandant des forces terrestres. Ce projet est appelé « OVERLORD » soit en français « Seigneur Suprême ».

La résistance française a surtout pour objet d'apporter des renseignements sur les objectifs allemands, de recevoir et cacher les soldats parachutés la nuit dans les campagnes et d'organiser l'obstruction des voies de communication le jour « J ».

Monsieur Pezard est très préoccupé par les nouvelles dont il a eu connaissance au Ministère dont le réseau secret fournit des renseignements sur les dispositifs allemands aux autorités françaises stationnées en Angleterre.
Il a été mis au courant du projet de Montgomery d'encercler la 7ème armée allemande avec l'aide de la 4ème division canadienne et la 1ère division polonaise pour faire jonction avec les Américains dans la poche d'Argentan.

Il réalise aussitôt que son fils et sa famille se trouvent dans cette région sans savoir exactement où se passera cet encerclement et il est impossible, actuellement, d'avoir quelqu'un au téléphone qui pourrait lui donner des nouvelles. Beaucoup de civils sont sur les routes fuyant la région qui subit des bombardements intenses des Alliés.

Les blindés allemands se regroupent et se préparent à riposter par une forte barrière établie à Falaise.

Le 9 août, Hitler a donné ordre à ses troupes de maintenir le front en Normandie et de contre-attaquer, ce qui était leur dernière chance.

Menacés d'encerclement le 16 août, les dirigeants allemands envoient des messages désespérés à Hitler qui donne enfin les ordres de repli, pensant pouvoir après, traverser la Seine.

Montgomery voulant maintenir l'encerclement pour éviter la fuite des Allemands, envoie les Canadiens vers Trun.

Les craintes de Monsieur Pezard étaient justifiées car ce petit pays n'est qu'à quelques kilomètres du village de Montormel où se trouve son fils et où sa belle-fille n'a certainement pas pu quitter sa mairie qui restait ouverte pendant le mois d'août.

N'osant pas affoler son épouse et ses enfants, il garde le silence.

Il décide enfin, le soir même, d'en discuter en famille. C'est absolument impossible, dans ce secteur, en pleine bataille d'avoir la moindre nouvelle. Le seul moyen est de se rendre sur place. Impossible d'y aller en voiture, les Allemands à l'arrière sont toujours vigilants. En vélo, il aura plus de chance d'arriver à destination mais il faut parcourir environ deux cent kilomètres. Hélène propose de l'accompagner mais à la réflexion, Madame Pezard pense qu'Aline étant encore une enfant, si menue, si fine, qu'elle paraît plus jeune encore, il lui sera plus facile de se faire prendre en camion militaire ou autres, seul il mettrait plus longtemps et ainsi inspirerait confiance. Aline est ravie mais Hélène beaucoup moins. Son père la rassure, elle devra le remplacer, en son absence, et faire des démarches confidentielles qu'il devait faire lui-même, auprès du ministère.

Leur départ est fixé au lendemain. Ils devront emprunter des routes secondaires qui traversent des villages, regagner Dreux, Verneuil sur Avre où ils prendront la route de l'Aigle et en direction de Gacé, ils arriveront à Chambois où habite une tante qui pourra les recevoir et prendre soin d'Aline, s'il devait continuer seul.

Pendant que Monsieur Pezard et sa fille prennent en vélo le chemin de la Normandie, ce 22 août, Hélène rassemble les documents que son père lui a laissés, avant de partir. D'abord un numéro de code pour le Ministère, qu'elle doit apprendre par cœur et ne pas avoir sur elle. Ensuite une enveloppe qu'elle doit dissimuler dans une poche intérieure de la jupe que sa mère lui a confectionnée.

« Comment pouvais-je imaginer, se dit-elle que Papa, cet homme tranquille, ce fonctionnaire consciencieux, travaillait dans l'ombre, transmettait des messages des hautes autorités ? »

Pour Aline et son père, la sortie de Paris se fait sans trop de difficultés, malgré quelques barricades qui commencent à s'installer. Beaucoup de vélos, des gens se rendant à leur travail ; ce moyen de transport est devenu familier aux parisiens et le plus sûr moyen de passer inaperçu.

Ce n'est qu'après Dreux que les choses sont plus difficiles, doublés par les camions militaires allemands, ils devaient être très prudents.

Avant la nuit, ils s'arrêtent dans une auberge pour manger et dormir. Monsieur Pezard y fait la connaissance d'un routier qui se dirigeait vers Lisieux et qui accepte de les déposer le plus près possible de leur destination.

Les nouvelles du front se propagent très vite. Les Allemands qui ont pu s'échapper de l'encerclement de Falaise fuient, par colonne ininterrompue de camions, en direction de la Seine qu'ils veulent franchir.

En arrivant à Gacé, le routier propose à Monsieur Pezard, très reconnaissant, de les laisser sur la route de Chambois qu'ils devront suivre avec beaucoup de prudence, car ils peuvent rencontrer encore des Allemands s'enfuyant à pied.

Ils parcourent quelques kilomètres quand, à la sortie d'un virage, encadrés par des militaires anglais et américains, une longue colonne de soldats allemands à pied, dépenaillés et se traînant lamentablement, certains soutenant leurs voisins blessés ou affaiblis, d'autres la tête entourée d'un bandeau, des prisonniers, sans doute sortis de la bataille, se rendant, ayant abandonné leurs armes ou leurs chars détruits par des obus alliés.

C'est un triste spectacle pour Monsieur Pezard et Aline qui s'étaient arrêtés près d'une maison, n'osant se réjouir de voir, pour la première fois, des soldats alliés. Par moment, des coups de sifflet pour remettre dans les rangs, des

Allemands qui s'effondraient sur la route et que d'autres des leurs venaient soutenir.
Reprenant leur vélo, en direction de Chambois, ils arrivèrent devant la maison de la tante qui les accueille avec étonnement :

— *« Que faites-vous ici, dans cet enfer que nous venons de vivre ? Cachés dans une cave depuis cinq jours, nous venons seulement d'en sortir. »*
Monsieur Pezard explique qu'il était venu pour avoir des nouvelles de son fils et de sa famille qui se trouvait à Montormel.

— *« N'y allez surtout pas, c'est là qu'il y a eu la grande bataille ! Les gens qui sont venus se réfugier jusqu'ici l'appellent le couloir de la mort ! Des milliers de soldats, des civils sont morts en quelques jours dans cette vallée et nous en sommes seulement à quinze kilomètres. »*

— *« Je dois y aller et Aline va rester avec vous. »*

Monsieur Pezard repartit seul, il devait aller jusqu'au bout, savoir ce que sont devenus ses enfants, s'ils sont toujours vivants, s'ils sont blessés, s'il peut quelque chose pour eux. Cette volonté lui donne la force de continuer. Il arrive bientôt à Chambois qu'il eut de la peine à reconnaître. Des chars détruits, des pièces d'artillerie abandonnées sur le bord de la route, des maisons à moitié effondrées, un silence étrange partout, un silence de mort, lui semble-t-il.

Il traverse le pays en ruines sans rencontrer personne et c'est angoissé qu'il prend la route de Montormel où d'après ses renseignements avait eu lieu l'encerclement de la 7ème armée allemande.

Sur le bord de la route qui monte au village, le même spectacle de désolation, des voitures, des charrettes gisant dans le fossé. Une odeur nauséabonde le prend au nez, il doit descendre de vélo, deux chariots bâchés couchés sur le côté portant le drapeau de la Croix Rouge encombrent le milieu de la route. Dans le fossé, des chevaux sont morts.

Il se demande s'il aurait la force d'aller plus loin, dans ce champ de bataille abandonné où aucune vie n'apparaissait.

Reprenant sa carte d'Etat Major qu'il avait eu au Ministère avant de partir, il compte pratiquement arriver à la cote 262, lieu de l'encerclement qui avait été prévu par les autorités alliées, aux abords du village de Montormel.

Plus il avance, plus l'odeur est difficile à supporter avec cette chaleur. Il s'entoure la bouche et le nez d'un mouchoir. De nombreux cadavres de chevaux jonchent les bas cotés de la route et il se rappelle que, dans les divisions allemandes cherchant à résister dans cette vallée, se trouvait une importante colonne hippomobile. Parmi ce dédale de ferrailles, de voitures, il se demande si les troupes avaient eu le temps d'enlever ou d'enterrer les corps des soldats. Il regarde seulement droit devant lui, poussant péniblement son vélo dans cette côte qui n'en finit plus.

Il parvient enfin à Montormel, devant les quelques maisons réparties dans la colline. Il arrive ainsi jusqu'au chemin montant à l'école. Les portes étaient entrouvertes, la maison déserte, les placards de la cuisine ouverts comme si on avait cherché à les vider de leur contenu.

Il reste devant la porte, contemplant cette magnifique vallée de ce bocage normand, s'étendant sur plusieurs kilomètres, témoin de tant d'horreurs.

Il descend le chemin conduisant à la route quand il voit un homme d'environ soixante ans, marchant à pas lents, coiffé d'une casquette.

— *« S'il vous plait, pouvez vous me renseigner ? Me dire où se trouve la maîtresse d'école et sa famille, je suis leur père et je suis très inquiet ».*
— *« Mon bon Monsieur, c'était l'enfer ici ! Il y a seulement deux jours encore et je ne peux pas rassembler mes idées. Les gens du village sont presque tous partis. Reviendront-ils ? Ca Dieu seul peut le dire. Nous étions cachés avec la plupart des gens d'ici, une cinquantaine peut-être, dans un chemin creux pendant cinq jours. Je me rappelle, je la connaissais bien la maîtresse d'école, elle nous a suivi avec son bébé dans les bras. »*

Un grand silence, comme s'il voulait faire attendre son interlocuteur qui ne perdait rien de ses paroles.

— *« Son mari, le grand garçon mince, c'est votre fils, Monsieur ? Il nous a bien aidés, vous savez. Dès qu'il y avait des accalmies, il partait avec un ou deux autres jeunes, dans cette fournaise, nous rapportant de l'eau, des conserves, des couvertures qu'ils allaient chercher dans nos maisons. Ils ont même pu traire des vaches qui étaient encore vivantes pour nourrir les enfants. Ils nous ont raconté avoir assisté à des corps à corps, à coups de couteaux, entre soldats ennemis, dans les chemins, ils devaient se cacher et rester, parfois, longtemps absents, ce qui nous inquiétait tous. J'ai vu votre fils ramener un jeune compagnon sur ses épaules qu'on a pu soigner. »*

— *« Mais où sont-ils maintenant ? »* interrompt Monsieur Pezard, impatient de savoir.
— *« Je ne sais pas, mais je peux vous dire qu'ils sont vivants, car nous nous sommes embrassés tous et j'ai encore*

félicité votre fils pour tout ce qu'il avait fait pour nous qui n'avions pas sa jeunesse et sa force ainsi que son courage ; nous étions tous harassés, affaiblis mais heureux d'être en vie. Beaucoup ont fui momentanément, leurs maisons dévastées, le triste spectacle des chemins, des routes où la mort était toujours présente. Ils ont du se réfugier plus loin chez des parents sans doute, moi, je n'ai plus personne et je reste chez moi car j'ai eu la chance que ma maison ne soit pas détruite. »

Monsieur Pezard remercia ce brave homme, encore sous le choc des évènements, qui lui rendait tout son espoir, tout son courage, pour retrouver ses enfants.

Il se remit en route pour rejoindre Chambois par l'autre route qui passait à Coudehard où il rencontre le même amas de débris de voitures, de chars renversés, de cadavres de chevaux sans oser s'approcher, par peur de trouver des restes humains car des vestes militaires allemandes se trouvaient à proximité des fossés et partout toujours la même odeur de viande pourrie…

LIBERATION DE PARIS

Pendant que son père continuait ses recherches en Normandie et vivait toutes ses épreuves, ce 22 août 1944 à Paris, Hélène se préparait à accomplir les démarches qu'il lui a laissées.

Sa mère lui fait mille recommandations de prudence. Elle avait entendu, à la T.S.F. que le Général Von Choltiz qui commandait les troupes d'occupation avait capitulé malgré l'ordre que lui avait donné Hitler de détruire Paris. Que d'autre part, le Général Leclerc avait reçu comme instructions de De Gaulle de rentrer avec son armée dans la capitale. Il restait beaucoup de résistance allemande dans le centre et des barricades s'élevaient un peu partout.

Sans en entendre davantage, Hélène enfourche son vélo. Son père lui avait donné une mission, elle l'accomplirait coûte que coûte.

Elle se trouve arrêtée à la hauteur du Champ de Mars par des barricades et une foule stationnant devant l'entrée principale de l'Ecole Militaire. Elle apprend que des molitaires allemands réfugiés dans les locaux, tiraient des fenêtres et que des F.F.I. étaient entrés pour les capturer.

Elle dut attendre pour passer, quand des soldats allemands, la plupart des officiers, la tête nue, les bras derrière la nuque, poussés par des résistants, sortaient de l'Ecole Militaire, hagards, visages blêmes. Il lui semble tout à coup reconnaître cet officier si courtois qui l'avait secourue avec son vélo crevé. Elle n'était pas certaine, tant son allure était différente, mais elle les suit, quand les F.F.I. les emmènent dans le Champ de Mars, pour les regrouper.

La foule crie, les insulte, leur crache au visage et Hélène se révolte ; tous ne sont pas des SS, des vrais nazis qui tuaient pour le plaisir, ceux là sont une minorité elle veut le croire, et puis ce sont des prisonniers militaires, on doit les respecter, ils combattaient pour leur pays.

Il lui semble que l'officier la regarde, qu'il la reconnaît. Elle a honte, le fixe, les larmes aux yeux, plein de compassion pour ces hommes vaincus, livrés aux injures. Elle s'éloigne détestant cette guerre sans pitié.

Elle continue sa route, non sans peine, contournant des barricades, se cachant dans des entrées d'immeubles quand des tirs isolés se faisaient entendre.

Elle arrive ainsi à la Concorde, commence à prendre la rue de Rivoli, quand elle entend tout près des tirs répétés, elle se cache derrière un pilier du métro et devant elle, sur la route, un jeune homme court très vite et tombe sur le sol, inanimé.

Des coups de sifflet, des hommes avec un brassard se précipitent sur lui, d'autres, armés d'un fusil, rentrent dans l'immeuble où devait se trouver le tireur.

Hélène traverse la rue, se réfugie sous les arcades et continue à pied, en roulant son vélo, il est trop dangereux de rester sur la chaussée. Son père ne s'attendait certainement pas aussi rapidement à ce déclenchement d'agressions en l'envoyant dans le centre de Paris.

Elle arrive au Ministère des Finances, tout le monde étant en effervescence, personne ne fait attention à elle. Son père lui avait bien expliqué de ne pas se rendre dans les étages comme elle le faisait habituellement, mais de descendre au sous-sol où se trouvaient les archives. Elle y était déjà venue une fois, pour son père, faire des recherches pour la Pairie Générale de la Seine. Des rangées de dossiers numérotés sur une grande longueur qu'elle franchit sans être arrêtée. Puis, au fond d'une salle, une porte fermée où elle sonna de plusieurs coups espacés, puis rapprochés ainsi qu'il lui avait expliqué quand un homme lui ouvre, étonné en la voyant. Une jeune fille n'avait sans doute pas l'habitude de franchir cette porte.

Elle annonce qui elle était et le nom de la personne à prévenir. De nombreux appareils de transmission sur les tables, beaucoup d'agitation, des militaires discutaient quand un homme d'un certain âge arrive jusqu'à elle :
— *« Comment êtes vous arrivée jusqu'ici ? Il ne fait pas bon être dans les rues aujourd'hui. »*
— *« J'ai un message de mon père qui a du partir précipitamment. Est-ce à vous que je dois le remettre ? »*
— *« Tout dépend de ce que vous me direz, Mademoiselle. »*

Elle lui annonce le code qu'elle avait appris par cœur

Il l'invita à la suivre dans un autre bureau où se trouvait aussi des militaires et où elle put, enfin remettre son message qu'elle prit discrètement sous sa jupe.

— *« Ne ressortez pas maintenant, ça peut être dangereux, je vais vous faire accompagner par le jardin des Tuileries et je vous conseille de traverser le Pont de la Concorde, le plus rapidement possible, ensuite, vous passerez par les Invalides pour rentrer chez vous. »*

Ce qu'elle fit, en roulant quand elle le pouvait sur son vélo. Elle réalisait, maintenant qu'elle avait pris de gros risques, mais elle était contente d'avoir enfin participé à ces événements de la libération de Paris. Son père sera fier d'elle et elle pourra en parler après la guerre.

Elle arriva enfin à la maison où sa mère attendait son retour avec inquiétude.

Monsieur Pezard arriva le lendemain avec Aline. Il n'avait pas vu son fils mais en arrivant à Chambois, la mairie lui avait confirmé que ses enfants étaient vivants. Que la maîtresse d'école de Montormel était venue leur remettre des dossiers en cours ainsi que son congé ! Personne ne pouvait dire si l'école reprendrait à la rentrée et elle désirait, pour le moment, partir dans sa famille en Bretagne. Les évènements l'avait beaucoup affaiblie.

Monsieur Pezard en faisant le récit du calvaire qu'il venait de vivre là-bas, leur cita une phrase écrite aussitôt après l'encerclement par Eisenhower, venu sur les lieux :

« J'ai découvert là une scène que seul Dante aurait pu décrire. Il était possible pendant des centaines de mètres de ne marcher que sur des restes humains en décomposition, dans un silence, dans une campagne luxuriante où toute vie avait brutalement cessé... »

Cette bataille avait été décisive pour les Alliés, plus de six cent Allemands furent tués dans la poche, environ vingt cinq mille prisonniers, une colonne hippomobile de mille huit cent chevaux anéantie, du matériel considérable détérioré ce qui précipita la défaite de l'Allemagne. Pourtant, plus de cinquante mille soldats ennemis réussirent à s'échapper avant l'encerclement et fuir en direction de la Seine, aux environs de Rouen, espérant encore la traverser.

Les Allemands n'ont pas été les seules victimes dans cette effroyable bataille pour l'encerclement, dans cette poche où s'étaient réfugiées les troupes d'occupation, après le débarquement des alliés sur les côtes normandes. La première armée polonaise, commandée par le Général Maczeck, arrivée la première et stationnée sur la cote 262 à Montormel, aidée par l'artillerie canadienne, ont été les principaux vainqueurs de cette bataille où, à partir du 19 août, la jonction des Américains et des Anglais est arrivée pour fermer la poche. Le général Montgomery annonce :

« *C'est le commencement de la fin de la guerre* »

Après avoir fait le récit de son voyage à Montormel, pour savoir enfin ce qu'était devenu son fils et sa famille Monsieur Pezard annonce qu'il est temps, maintenant, de fêter avec tous, la libération de Paris et son libérateur, le Général de Gaulle qui est arrivé et s'est installé au Ministère de la guerre, dans ce bureau, où rien n'avait changé, depuis ce jour du 16 juin 1940 où le Président du Conseil, Paul Reynaud lui avait donné la possibilité de continuer la guerre contre les Allemands en le nommant, dans son gouvernement « *sous secrétaire d'Etat* » et lui avait remis, pour se faire, une somme de cent mille francs sur les fonds secrets. C'est ainsi que le 17 juin 1940 il s'est envolé, muni de tous les pouvoirs, en compagnie de d'Eward Spears pour un rendez-vous avec Churchill.

Monsieur Pezard conseille à sa fille de se rendre, ce jour du 26 août 1944 à l'Hôtel de Ville de Paris : « *Toi qui as tant d'admiration pour lui, prends ton vélo, tu pourras espérer le voir avec une foule immense qui sera là pour l'acclamer* »

Oui, elle veut l'apercevoir cet homme qui n'a pas accepté de capituler devant Hitler à la fin de la guerre, en 40, qui n'a pas compris Pétain de signer l'Armistice et qui a tant milité pour la libération.

Elle part en début d'après midi, avec son vélo, dans le centre de Paris. Elle doit souvent descendre et marcher tant il y a du monde à pied, sur la chaussée, voulant accueillir et fêter tous les vainqueurs de cette guerre.

Elle ne peut se réjouir totalement et ne peut s'empêcher de penser que pour en arriver là, combien avait de vies perdues, combien de pays dévastés, combien d'orphelins, combien de juifs, de déportés encore dans des camps en Allemagne, en Pologne qui souffrent et attendent.

Elle arrive, en marchant beaucoup, aux Invalides, où un grand nombre d'agents essayent de maintenir la foule sur les trottoirs, derrière les barricades. Elle, avec son vélo, doit rester sur la chaussée. Elle tourne sur le quai d'Orsay juste au moment où un policier ferme la route aux voitures. Elle réussit à se faufiler avant et enfourche son vélo rapidement.

Elle est donc seule, sur le quai, roulant vers le pont de la Concorde quand la foule, derrière les barrières, se met à hurler, de Gaulle arrive, debout, dans sa voiture découverte. Elle est déconcertée, elle entend des rires dans la foule, des coups de sifflets, sans doute des agents.

Avant de la croiser, le général, en souriant, lui fait un signe de la main. Elle n'a pas le temps de lâcher son guidon et de répondre, tant elle est surprise et elle s'en veut. C'est elle seule qu'il a saluée, est-ce possible ?

Personne ne la croira si elle ne raconte pas, par quel hasard, elle se trouvait là, seule sur ce quai, en vue de tous ces gens, de tous ces spectateurs, en face du sauveur de la France. Un tel souvenir à raconter à Pauline et à Marina quand elles se reverraient.

Serrée dans la foule que les agents avaient libérée, après le passage du Général de Gaulle, elle dût descendre de vélo. Les gens se précipitaient sur les chars du Général Leclerc qui avançaient doucement, s'arrêtaient pour laisser monter des jeunes femmes et des enfants qui venaient les féliciter et les embrasser.

Hélène regardait toute cette foule en liesse, un peu indifférente à ce débordement, malgré son bonheur de voir Paris libéré car, pour elle, le moment de se réjouir n'est pas encore venu, la guerre continuait dans beaucoup de régions, la libération de milliers d'hommes, de milliers de juifs, de milliers de combattants contre l'Allemagne était loin d'être terminée.

Elle reprit son vélo pour rejoindre sa famille et leur faire part de toutes ses pensées. Son père confirma ses dires :

« Les Allemands lutteront jusqu'au bout avant de se rendre, certains dirigeants sont des fanatiques, vénèrent Hitler qui ne croit pas encore à la défaite ».

En effet, Hitler ne se décourage pas et lance une grande offensive dans les Ardennes.

LA FIN DE LA GUERRE
Les retrouvailles

Sentant la guerre se terminer et la victoire proche, Churchill, Roosevelt et Staline décident de se réunir pour décider du sort de l'Allemagne et rendez vous est pris en Crimée à Yalta.
A Paris, Monsieur Pezard continue de suivre attentivement la poursuite des Allemands par les Alliés.
Pour lui, la libération de Paris n'est encore qu'une étape dans la guerre.
Tant que les Allemands ne seront pas totalement vaincus, les pays de l'est libérés et l'Allemagne aux mains des Alliés, la prudence reste de rigueur.
En ville, des Allemands sont encore cachés dans des immeubles, par des collaborateurs et n'attendent que le moment d'agir.
Il lui tarde de revoir sa famille, ses amis revenir mais il sait que cela n'interviendra qu'après une victoire totale, la capitulation des Allemands, le retour des soldats, des prisonniers, des survivants de tous ces camps de concentration et là, seulement, ils pourront savourer la paix retrouvée.
Il s'efforcent de calmer l'impatience de sa famille, d'Hélène surtout qui croyait, après la libération, le retour de ses amies, la vie retrouvée, celle qu'elle attend depuis six années, elle avait quinze ans en 1939, à la déclaration de la guerre, elle en a vingt et un maintenant. Elle veut recommencer à vivre et ne supporte plus cette attente.
Son père lui fait comprendre que pour être enfin heureux, il faut que toute cette population qui a souffert, subi tant

de pertes et qui attend le retour des êtres chers, des soldats, des prisonniers, les retrouve. Les deuils aussi qu'il faudra faire bien que les corps ne leur soient pas rendus.
Personne ne pourra se réjouir avant, et même ces réjouissances ne pourront être totales avec ses affreux souvenirs qui resteront en nous.
— *« Hélène,* lui dit son père, *garde toujours dans ta mémoire, la souffrance de tous ces pays dont, à l'origine, un homme a été responsable, a entraîné tout un peuple à faire souffrir, à tuer. Lui est mort mais tous ses dirigeants vivants, devront être punis. Là, enfin nous trouverons peut être la paix. »*

A Vichy, Pétain et le gouvernement français sont contraints de partir, sous la menace de bombardements sur la ville. Ils s'installent d'abord à Belfort mais se réfugient ensuite en Allemagne au château des Hohenzollern sur le Danube.
Après la traversée de la Seine, les Allemands poursuivis par les alliés n'offrent au début pas beaucoup de résistance mais Hitler en décembre 1944 décide d'utiliser les armes nouvelles, les V 1 et V 2 qui ont bombardé Londres.
Ils organisent une résistance farouche dans les Ardennes à Bastogne où beaucoup de soldats trouvent la mort.
Fin décembre, un accord est conclu avec la Russie qui lance son armée contre l'Allemagne.
Les Alliés s'unissent pour bombarder les villes allemandes presque totalement détruites et des millions de civils errent dans les rues.
Hitler commence à douter de la victoire et par vengeance, il ordonne la mort de milliers de déportés juifs et tziganes qui sont tués dans des chambres à gaz.
Beaucoup de dirigeants allemands fuient Berlin. Les chars et l'artillerie russes avancent et se rendent maîtres de la ville.

Pendant ce temps, la bataille des Alliés se poursuit dans les Ardennes où l'armée allemande accompagnée des S.S. tente toujours de résister farouchement et fait subir aux populations des villages d'atroces tueries interrompues par l'avance des armées américaines, canadiennes, polonaises. Les bombardements qui libèrent les villes belges, hollandaises, les unes après les autres font subir à l'ennemi des pertes importantes d'hommes et de matériel.
Au fur et à mesure de l'avance des Alliés, de nombreux camps de concentration sont libérés. Des milliers de corps sont découverts dans des fosses communes.
En avril 1945, Hitler apprend que Mussolini et sa maîtresse sont exécutés, il se donne la mort avec Eva Braun, qui était la veille, devenue sa femme.
C'est le 8 mai 1945 que fût signé la Capitulation allemande par les principaux généraux allemands encore présents à Berlin.
Monsieur Pezard annonce à sa famille que, bientôt, tous pourront fêter la victoire.
Des milliers de personnes se pressent dans les gares étant rarement prévenus de tous les retours des soldats démobilisés, des déportés accompagnés par la Croix Rouge, plus maigres, les uns que les autres, les yeux hagards se laissant conduire, comme des enfants, par des médecins, des infirmières, des religieuses qui les soutiennent. Beaucoup de brancards aussi car ceux qui ont survécu ne peuvent réaliser qu'ils sont sortis de l'enfer, pour la plupart encore revêtus de leurs pyjamas rayés.
Les hôpitaux se remplissent à Paris et dans les pays de l'est, des malades trop faibles pour rentrer chez eux ; de même que de ceux qui ont perdu tous les leurs et qui veulent rester sur place.
Des hôpitaux de fortune s'installent un peu partout avec des bénévoles, les médecins et infirmières n'étant pas assez nombreux.

Contrairement à ces déportés, c'était la joie sur les quais de gare des trains ramenant les démobilisés. Que de couples enlacés, que de parents serrant leurs fils dans leurs bras.
La terreur, les pleurs, les angoisses faisaient place à la joie.
Dans l'appartement de la famille Pezard, tout le monde s'agitait, on ouvrait les fenêtres, on nettoyait les carreaux bleuis pour la défense passive. Monsieur Pezard annonce une grande fête que son épouse et « Mam » préparaient en secret, elles montaient et descendaient l'étage qui menait à l'appartement de Monsieur Savitch, fermé depuis quatre ans, ce jour où ils disparurent mystérieusement.
Le matin de ce jour tant attendu où pour Hélène, l'espoir se mêlait à la peur d'avoir rêvé, d'attendre encore un bonheur qui n'arriverait pas.
La première arrivée fût Pauline et sa grand-mère que Monsieur Pezard avait pu joindre pour réserver la surprise à Hélène. Elles se regardèrent, intimidées tout à coup, étonnées, de leur transformation, on change beaucoup, à cet âge, en six ans. De l'adolescence, elles sont devenues de magnifiques jeunes filles. Le rire d'Hélène fût un déclic qui les jeta dans les bras l'une de l'autre, mélangeant les pleurs, les regards incrédules, la joie de se retrouver enfin.
Après les embrassades et les questions des uns et des autres, Hélène entraîna Pauline dans sa chambre et voulu lui remettre le coffret contenant les lettres qu'elle n'avait pu envoyer. Pauline refusa.
« *Non,* dit-elle, *je n'aurai pas le courage de les lire ; plus tard, beaucoup plus tard, nous les relirons ensemble, garde les, ce sera des souvenirs que nous aurons partagés pour combler ces années d'absence. Nous pourrons les garder pour nos enfants, nos petits enfants peut-être, tu sais qu'elles resteront à tout jamais dans nos cœurs.* »
Hélène approuva, elles regarderont maintenant vers l'avenir, le passé les a fait trop souffrir, les a séparées de

leur famille, de leurs amis, les a empêchées de vivre leur jeunesse, compromis leurs études, les a rendues témoins de tant d'horreurs et d'atrocités, qu'elles veulent oublier maintenant pour ne penser qu'au bonheur qui les attend.
Elles vont rejoindre les invités, amis de la famille, qui arrivent les uns après les autres.
Monsieur Pezard prend la parole : *« Mes enfants, mes amis, je dois vous préparer à une grande nouvelle, à une grande joie, le retour parmi nous de Monsieur et Madame Savitch et de Marina »* s'attendant à une grande explosion d'Hélène qui le regarde en souriant et dit :
— *« Sont-ils derrière la porte, papa ? Je pense qu'ils n'ont pas eu un grand trajet à parcourir pour venir jusqu'ici, n'est-ce pas Pauline ? »*
Interloqué, son Père la regarde *« Tu savais, tu ne nous as rien dit ? Tu as gardé ce secret pour toi sans rien laisser paraître ? »*
— *« Depuis quelques mois seulement, je l'ai deviné, mais vous depuis combien d'années avez vous agi en silence, les entourant de votre attention, je voulais être digne de vous et ne pas risquer leur vie et la vôtre, et pourtant me taire, ne rien faire, a été un supplice de tous les jours. J'ai seulement essayé de le faire comprendre à Pauline. »*

Lentement, Monsieur Pezard ouvre la porte, introduit Monsieur Savitch, son épouse et sa fille. La joie est intense, on s'embrasse, on se regarde, on n'en croit pas ses yeux. Personne ne pensait à demander des explications, à revenir en arrière, tout devenait simple, on oubliait tout, on regardait vers l'avenir où tout allait être à reconstruire, mais qu'importe, tous étaient réunis et vivants. Dans les yeux seulement des nouveaux arrivants se lisait une infinie reconnaissance.

Enfin, Madame Pezard invita ses convives à s'installer autour de la grande table. Une place restait vide qu'elle

avait réservé à « Mam » pensant qu'elle serait heureuse de retrouver ceux qu'elle avait élevés et chéris depuis si longtemps mais elle refusa, elle ne pouvait concevoir d'être assis au milieu de tous, ce n'était pas dans ses habitudes, elle se plaisait dans sa cuisine qui était son domaine. Un regard suffit entre Hélène et Pauline qui se précipitèrent et la ramenèrent à table sous les applaudissements de tous. Alors elle mit la main dans la poche de son grand tablier noir et alla déposer devant Monsieur Pezard plusieurs sachets odorants qu'il convoitait depuis si longtemps mais dont elle gardait jalousement le secret. Très ému, il l'entoura de ses bras et l'embrassa sur les deux joues.
Elle retourna dans sa cuisine, si heureuse de pouvoir étonner les convives de ces plats étranges longuement mijotés sur la cuisinière dont on lui faisait si souvent compliments.
Malgré toutes les difficultés d'approvisionnement de nourriture, d'essence, de transport la vie reprend doucement son cours à Paris.
Hélène rentrera dans différents services du Ministère comme le souhaitait son père.
Pauline reprendra ses études interrompues.
Quant à Marina, elle espère rentrer au conservatoire de musique. Pendant toutes ces années Monsieur Pezard a pu lui procurer des partitions qu'elle étudiait avec divers instruments prêtés par des amis, beaucoup de livres aussi qui les ont aidés à passer ces années de captivité.

EPILOGUE

Pour Monsieur Savitch, ce professionnel de la fourrure, la reprise du travail sera plus difficile ; les maisons pour lesquelles il travaillait, avant la guerre, avaient fermé ou changé de propriétaire. De plus, pour tous, ces six années de guerre avaient détruit l'économie.

On pensait, maintenant à la vengeance, il fallait que les responsables de tous ces charniers découverts, soient punis et le procès de Nuremberg, en Allemagne, allait s'ouvrir pour juger les dirigeants allemands.

Les principaux chefs des S.S. ont, pour la plupart, été arrêtés. Ils préparent leur défense et attendent dans leurs prisons que leur jugement arrive.

Monsieur Pezard suit donc, avec beaucoup d'attention, le procès de chacun de ces hommes qu'un enchaînement aveugle, d'ambition, d'autorité, de racisme, de supériorité a amené à tous ces crimes de guerre.

Les collaborateurs français seront jugés également et plus ou moins condamnés.

Pour la plupart de ces hommes, c'est la pendaison.

Quant au Maréchal Pétain, son procès attisera beaucoup les passions. Ceux qui l'ont vénéré ne voudront pas le juger. Il sera, néanmoins, condamné à mort, le 15 août 1945 et gracié deux jours plus tard par le Général de Gaulle. Il a été, au début de son arrestation, incarcéré au Fort du Portalet, puis à l'Ile d'Yeu où il décédera le 22 juillet 1951.

Plus tard, beaucoup plus tard, comme elles se l'étaient promis, Hélène et Pauline rassemblèrent leurs lettres, leurs souvenirs des récits que Monsieur Pezard évoquait souvent, pour faire revivre à leur nouvelle génération, ces années de la vie de leur famille.

Ces feuillets écrits dans l'attente et l'espoir de se retrouver leur sembleront, sans doute, un peu désuets mais leur fera connaître d'une façon différente, comme un roman, les faits précis et l'histoire de cette guerre.

Achevé d'imprimer en France
Protection IDDN